恐高症患者

兰学军/著

天津出版传媒集团
百花文艺出版社

图书在版编目（CIP）数据

恐高症患者 / 兰学军著 . -- 天津 : 百花文艺出版社, 2024.4

ISBN 978-7-5306-8807-6

Ⅰ . ①恐… Ⅱ . ①兰… Ⅲ . ①短篇小说 – 小说集 – 中国 – 当代 Ⅳ . ① I247.7

中国国家版本馆 CIP 数据核字 (2024) 第 066691 号

恐高症患者
KONGGAOZHENG HUANZHE
兰学军　著

出 版 人： 薛印胜
选题策划： 郑　爽
责任编辑： 沙　爽
策划编辑： 吴秀娟
装帧设计： 悟阅文化
出版发行： 百花文艺出版社
地址： 天津市和平区西康路 35 号　　**邮编：** 300051
电话传真： +86–22–23332651（发行部）
+86–22–23332656（总编室）
+86–22–23332478（邮购部）
网址： http://www.baihuawenyi.com
印刷： 成都市兴雅致印务有限责任公司
开本： 880 毫米 ×1230 毫米　1/32
字数： 145 千字
印张： 7
版次： 2024 年 4 月第 1 版
印次： 2024 年 4 月第 1 次印刷
定价： 69.00 元

如有印装质量问题，请与成都市兴雅致印务有限责任公司联系调换
地址：成都市金牛区沙河源街道陆家桥社区
电话：028–83181689
邮编：610000

目录 CONTENTS

恐高症患者

“六一”儿童节刚过，地处沿海的梅川县已经热得很成人了。难怪现在的小孩子早熟，原来气候也早熟呢。吴清源心里叹着，抹了一把额头上的汗，使劲甩出去，仿佛炎热也能随之一起甩掉。邪乎的是，吴清源竟然清晰地听到了汗珠子砸地的声音，而且是噼啪作响的那种，吓了他一跳。

肯定是热糊涂了，要不就是要出邪乎事，否则怎会出现这样灵异的怪象？果然，刚进办公室，空调还没来得及开，桌上的电话就夸张而刺耳地大声叫嚣起来，这让吴清源头皮一紧，脑海里直接就跳出《熊出没》里光头强家的那部电话来。光头强家的电话一跳一响，十有八九是李老板凶巴巴地催木料，他这办公室的电话一响，准是余大队长有工作上的事要布置。15 点 05 分，这个时间点儿，不打手机而打座机，明摆着是工作上的事。其实，工作上的事打手机更方便，但领导选择打座机，除了有重要工作要交代之外，还有另一层若即若离虚无缥缈的用意——方便查岗，看下属有没有上班迟到。只不过这属于领导艺术的范畴，不挑明，纯靠个人领悟罢了。

抄起电话，余队的声音从话筒里威严射出：“老吴！ 110 ！出警信息等下发你手机！先准备一下！”余队每次交代工作都是简短有力，颇具军人作风，其实，他压根儿就没有当过一天兵。但是，因为手下管着一群军转干部，如今的他已经很有些部队首长的味道了。

吴清源刚转业到梅川县劳动保障监察大队的时候，余队就已经是余队了，不过那时的余队还比较温柔，皮肤也白嫩，在年纪比他大、资历比他老、体格比他壮、皮肤比他黑的吴清源面前，显得畏畏缩缩，有些放不开。吴清源就开导他：“在部队我是领导，在地方你是领导，有什么事敞开说，有什么任务就直接下，我是老党员，请相信一名老党员的思想觉悟。”几次任务完成下来，余队发现军转干部的确好用，办事雷厉风行不说，而且能吃苦，不计较，便也逐渐找到感觉，再有新人进大队，便有不少人误以为他也是军转干部了。

叫上协查员小林，准备好出警工作包，佩戴好警用记录仪，整了整制服的领子，手机短信嘀嘀响了起来。出警信息显示，在建楼盘金豪发墅府有工人爬塔吊讨薪，报警人贾某，电话159××××5443……吴清源的眉头顿时拧成了一把锁——现在的农民工讨薪越来越有“经验”了：一是会挑时候，“六一”刚改的夏令时三点上班，这不，一上班就弄出动静，明摆着是卡点讨薪；二是直接爬塔吊，人命关天，领导想不重视都难。咦，这手机尾数5443怎么有些眼熟呢？在吴清源的认知里，这样的尾数是不吉利的，和“我死死算了”甚是谐音，有些身份的人是无论如何也不会选这样的号码的，难怪这人会爬塔吊讨薪，手机号码就没有选好呢。转过头又想，建筑工地打工的，风里来雨里去，一身汗水一身泥，哪里会有那么多讲究？填饱肚子比什么都重要！这样一想，心里陡然暗淡下来。

叹了口气，吴清源干脆不去想这个电话号码，想了半天，脑壳里依然空空如也，什么都没想起。这和昨天买卤鸡爪的情形有点儿像，老板在卤料锅里简单地捞了几勺便想盖上盖子，吴清源赶紧制止，生怕老板漏掉那么一两根。可拿着滤勺捞了半天，愣是啥也没捞到，搞得自己不好意思不说，老板也是满脸愠怒，别提多尴尬了。其实，这也怪不得吴清源，四十出头的岁数了，还是普通科员，工资增长速度跟花梨木涨腰围的速度差不多，温饱有余，体面不足，不节约一点儿能行吗？再说了，部队养成的勤俭节约的习惯，又岂是一朝一夕能改得掉的？

正胡思乱想，手机短信提示音又响了——“老吴，到现场后，具体情况第一时间汇报。”这不废话吗？哪一次出警不是这样办的？这本来就是大队规定的程序嘛。吴清源突然间有点儿怨起余队来，这表面是在布置工作，实际上是在催他快点儿动身呢！在部队工作了快二十年，尽管只是个技术干部，这些官场上管理的小技巧他还是懂的。不过，怨归怨，命令还是要执行的，要怨也只能怨自己，谁叫他在部队没能混出个人模人样呢？再说了，跳塔吊的事，性命攸关，作为领导，催一催实在是再自然不过的事了。今儿个怎么了，想问题老带着情绪哩。跳上车，吴清源依然为自己的胡思乱想感到羞愧。

也许是天气实在太热，车辆也需要避暑，宽阔的滨海大道上，车子跑出好远，竟然没遇到一辆车。靠海的一侧耸立着几十根高低不一的塔吊，消瘦而醒目地立在那里，气势壮观，像一群巨人，把房子当作禾苗使劲儿地从地上往天空拉扯，于是，楼房便以惊人的速度向上蹿升。这房子长高的速度比老家竹子拔节的速度还快呢。

几个月前，吴清源路过这里还能看到海，如今已经看不见了。不知什么时候起，看海开始变成有钱人的专利，要想看，得站在楼上，越高越好。据说，再过三年，这里将会建成十几个楼盘，有商品房、人才公寓，还有什么SOHO，那时，梅川将会成为人才流、资金流、商业流、游客流汇聚的新梅川。这是吴清源从梅川新闻里看到的，一想到播音员无比丰富的面部表情和激情澎湃的语调，他就摇头苦笑，滨海大道的另一边还荒草丛生呢。转转脖子的事，有人就是拧不过来。

吴清源决定拨打一下报警人陈某的电话，先了解一下情况。输入号码，摁下拨号键，“贾小兵”三个字竟然从手机屏幕上弹了出来，吓他一跳——原来是他！难怪这电话号码看着眼熟呢，竟然又是他！电话通了，一首声嘶力竭的《过火》唱完，那边却死活不接，这火头有些过了吧！

“老吴说谁呢？”小林见吴清源自言自语，好奇地问。

“还能有谁，送锦旗的那个小贾啊！”

“哦，又是他，看来，今天又有航空公司要开业喽！”

“怎么说？”

“有机可乘呗！”

吴清源被小林的回答逗乐了。

“这家伙就不是什么好人哩，哪有送锦旗写那些字的！现在又来给我们添麻烦，典型的故技重演。”说起贾小兵，小林竟然来了气。

“也不能这么说，上次人家是真的没有拿到工资，再说了，处理劳务纠纷本来就是我们的职责嘛。”吴清源这样一说，小林虽然不再吭声，却将喇叭猛摁了几下，好像路上很堵一样。

这是在宣泄心中的不满呢。可是，也怪不得小林如此。说起那面锦旗，吴清源心里也置过气。

开始的时候，吴清源以为贾小兵是开玩笑。贾小兵是这么说的："吴监察办案认真，秉公执法，为我们劳动人民讨回血汗钱，我们不是不懂事的人，我们一定要以实际行动表达我们的感激之情。"说这话时，贾小兵一本正经，正因为太正经了，反而让人觉得他是在开玩笑。吴清源当时没接话，也不好接话，开玩笑打哈哈的本领他至今没学会。倒是陪着吴清源出警的小林接了话头："真要表达谢意，送面锦旗来不就行了。""不用，不用。"吴清源这时赶忙跳出来制止，可是，来不及了。第二天，贾小兵就把锦旗送到了大队。

展开锦旗的一瞬间，吴清源的脸就圆成了一个脸盆，整盆装的都是惊讶，继而，惊讶变成愤怒。他的肤色本来就黑，被锦旗上的两句话一刺激，更黑了。只见锦旗上分两列竖写着十个大字：古有包青天，今有吴清源。贾小兵这哪里是表扬，分明是批评嘛，而且是略带讽刺和挖苦的批评，包青天是谁，他吴清源又是谁？二者如何能画等号？羞煞人了。好不容易帮他讨要到了工资，不感激也就罢了，竟然来这一手捉弄人，吴清源活了四十多岁，还是第一次碰到这样的怪事。还是小林眼疾手快，一把卷起锦旗，塞进柜子，回头把贾小兵连哄带轰地从门缝里挤着推了出去。

尽管事后贾小兵一个劲儿地发短信赔礼道歉，解释说他的本意就是想感谢吴监察，并无其他，吴清源却一个字也没回。贾小兵是想表达感谢或者讽刺，这个已经不重要了，重要的是贾小兵已经讨回了自己的血汗钱，而他吴清源也可以顺利结案了。有那么一些时候，吴清源想，也许是他错怪了贾小兵呢！哪有"小兵"欺负干部的呢？再说了，实在没有必要这样做啊，如果非要给一个合理的解释，只能说，在贾小兵的心里，吴监察就是一心为民、满身正气的包青天啊！况且，这两句话念起来朗朗上口，也不是想讽刺就能讽刺得这么押韵的。

收不到对方哪怕是只言片语的回复，贾小兵终于停止了道歉，最后潇洒地来了句“后会有期”便销声匿迹，没想到竟然一语中的，如今，他们果然又要见面了。也许，从贾小兵踏进建筑工地的第一天起，他就料到了未来，就如同吴清源一进大队，就能依稀预料到二十年后的自己依然会是普通科员一样。谁知道呢！

车子开进工地，三下两下，五转四转，吴清源便指挥小林找到了现场——警车和消防车就是最好的参照物。即使塔吊不容易分辨，找到它们，现场自然而然就会呈现，这手本领还是吴清源在部队学会的。消防队员正在紧张地铺设充气垫，警察则严肃地维护着现场秩序，把不相干的人往外清。一大群工人三三两两聚在外围，指指点点、七嘴八舌、议论纷纷、情绪高涨，仿佛在期待一场大片上演。玩命闪烁的警灯在消防车和警车头顶把紧张的氛围烘托得恰到好处，很像影片里的镜头，奇怪的是并没有发出任何声音，像一个疯狂挣扎的人被捂住了嘴，只得暴眼圆睁，用视线宣示存在。

也许是担心刺激到塔吊上的工人吧，吴清源想，抬眼往塔吊上看，强光刺眼，一切和贾小兵第一次讨薪的现场没有什么不同。当然，如果硬要找出不同之处的话，那便是这次的塔吊高度比第一次高出不少，目测 30 米开外。贾小兵就像在坐跷跷板，孤零零地搭在塔吊横臂的尽头，两脚悬空，一动不动，与另一头吊着的一串巨大的方形水泥块相比，显得极不真实、极不对称，仿佛一个玩具。

第一次见到贾小兵时，拿着喇叭的吴清源是这样喊的：“我是劳动局的，你有什么情况下来跟我说，我帮你解决。”当时，听到“劳动局”三个字，贾小兵伸出脑袋向下探了探，很快就下了塔吊。这一次，吴清源依然这么喊，并且多加了“贾小兵”三个字。贾小兵显然听到了吴清源的喊声，作为回应，悬在空中的双脚摆动了一下，但也仅仅是动了这么一下，便又归于静止，以至于让人觉得刚才所见可能是幻觉。

是啊，对着这样毒辣的日头，谁多看两眼都会眩晕，眩晕可不就会产生幻觉吗？天空蓝得晃眼，不多的几团白云棉絮般静静地高高地孤傲地悬着，吴清源恨不得全部扯下来擦汗。才来几分钟时间，背上就湿透了，这贾小兵在上头遭的罪让人不敢想哩。直觉告诉他，这次的事不简单，要不然，听到他的呼喊，贾小兵早就应该下来了。

据贾小兵自己讲，他有恐高症，轻度。

“荒唐，你这是在拿生命开玩笑，你知道吗？”上次贾小兵爬下塔吊后，在项目部活动板房里领工资时，吴清源大声训斥他，就像当年在部队大声训斥一名士兵。“为什么不按程序向劳动部门投诉反映呢？”贾小兵眨了眨眼睛，狡黠地回答：“投诉哪有这招来得快，尽管冒点儿风险，我觉得，值！”

“是你的血汗钱，跑不了，用不着冒风险，下次再遇到工资讨不到，来劳动局找我，我帮你讨，我是部队转业的，说话算话。”

可能是吴清源的真诚打动了贾小兵，也有可能是因为他军转干部的特殊身份，总之，贾小兵看他的眼神突然柔和下来，像一个做错了事的士兵面对军官，嗫嚅地嗯了一声。

可贾小兵毕竟不是士兵，而他吴清源也早就不是什么军官，再次面对劳资纠纷，贾小兵依然选择通过跳塔吊来解决。这让吴清源觉得，他对那面锦旗背后的真诚所抱的幻想是多么天真和幼稚。或许，这贾小兵根本就没有什么恐高症，恐高症不过是他讨要工资的一个锐利说辞而已，否则，他干吗非要找高空塔吊这样危险的道具？

“警察同志，你们来得早，什么情况？”吴清源转身询问身旁的警察。还没等警察开口，一阵香水味袭来，一个戴着眼镜的穿白衬衣的人凑了过来，惊慌地抢着接过了话头：“我是项目经理，是这样，他们是做泥水的，包头叫贾强，合同款总共十八万元，报上来的人工工资却超过了二十六万元，工资发不下去干脆玩失踪躲了起来，我们按合同办事，不欠钱，这工人爬塔吊不关我们的事啊……”项目经理的话像机关枪，一射一大串。

“这个班组总共多少人？爬塔吊的工人工资是多少？”了解了事情的大概情况，吴清源赶紧用问题打断他，免得他继续喋喋不休。

“加上包头总共十二人，这个叫贾小兵的工资，按照他自己报的，大约三万元。”

“包头的电话打了没有？”

“打了，一直关机。”白衬衣一脸的无奈。

吴清源不再追问，情况已经基本明了，如果要进一步核实，只能从塔吊上的贾小兵那里找答案了。对着地面和空中照了几张水印照片，连同从项目经理处了解到的情况一并发给了余队，吴清源这才稍微松了口气——现在这种局面，先报告是最好的处置。

吴清源一边等余队的回复，一边盘算着怎么办。此时，已经有一名消防战士顺着塔吊立臂往上爬了，猿猴般快速而轻盈，一看便知训练有素。对消防队员而言，把塔吊上的工人解救下来是当务之急，对他吴清源来说，又何尝不是如此？毕竟，就算是有 3 万元现金摆在面前，也要你贾小兵从塔吊上下来领取不是？

很快，消防战士爬到了驾驶舱，紧接着开始横向靠拢贾小兵。眼看着这名消防战士在距离贾小兵两三米远的地方停住，吴清源的手机响了起来。余队在电话里告诉吴清源，他马上就到，而且据可靠消息，分管劳动口的林副县长会亲临现场，让他做好汇报准备，最好拟制一个简单的口头解决方案。通话快结束时，余队看似不经意地补充了一句："大队最近可能要增设一个副大队长，我觉得老吴你挺适合的。"挂断电话的一瞬间，吴清源长吁了一口气。余队的话看似与当前的讨薪事件没有什么关系，但潜藏其中的深意他是再明白不过了——这是关键的时刻，一定要拿出关键的表现，而关键的表现对于他拿下副大队长的职位大有裨益。庆幸的是，他的确也有拿得出关键表现的资本，试问现场上百号人贾小兵最信任谁？当然是他吴清源了！这是最有力的武器和资本！

实话实说，叫他立马拿出可行的解决方案几乎是不可能的事情，最好的方案是林副县长出现时，他吴清源就待在塔吊上面。如果能当着林副县长的面将贾小兵劝下来，虽然没有实质性地解决工资问题，至少不会像现在这样，流言和猜测借助微信满天飞，让政府和领导处于被动应付的境地。

思忖再三，吴清源终于下定决心，上塔吊！

刚开始攀爬的时候，吴清源还敢睁眼，但到了高处，基本只能眯着眼靠感觉往上爬了。黄色的钢构件被烈日烤得滚烫，稍微一停留，钻心的灼热便顺着手掌向身体其他部位蔓延，吴清源只得加快手脚并用的频率。否则，除了炙热，令人心跳加速的眩晕也会轻松将他击垮。

当贾小兵说自己有轻度恐高症的时候，吴清源心里猛地咯噔了一下，怎么会这么巧？只有真正恐高的人，才会理解人在高处的那种无助和绝望，正因为如此，他大声斥责了贾小兵，没想到却因为这充满关爱的斥责让贾小兵送来了让他哭笑不得的锦旗。上到驾驶室，吴清源彻底瘫软，像一只蜗牛被卸去了盔甲，半天坐不起来。除了烈日的烘烤，高空的强风也不甘寂寞，使劲儿地摩擦着驾驶舱玻璃，呜呜作响，如同人在哭泣。每响一次，吴清源都感觉整个塔吊晃动了一次，这种不真实不踏实的感觉让人窒息。吴清源突然有些后悔自己刚才的仓促决定，他这才是拿生命开玩笑呢。

不知怎的，才上了几十米，吴清源竟然觉得自己离那几团棉絮般的白云近了很多，清明时祖坟上的烟和这云大约是兄弟吧。纸钱一烧，青烟缭绕，烟云弥漫。当初考上军校的喜讯飞回老家那个小山村时，吴清源就去祖坟烧了不少纸钱，村民都说吴家祖坟上冒青烟哩，不信你看！

消防战士还在跟贾小兵说着什么，吴清源听不真切。真切的是，大约过了一炷香的工夫，消防战士折回了驾驶舱，同时捎回一个消息——对方叫劳动局的人过去。

拿眼往下瞥，警车周围又多了两三辆车，像极了玩具，小不拉叽的。余队应该到了，林副县长应该也到了吧。大家都看着他呢。吴清源不知道贾小兵葫芦里卖的是什么药，要谈，贾小兵折回驾驶舱附近也可以谈，而且可以更好地谈，干吗非要他过去呢？犹豫着要不要给余队打个电话请示一下，想了想，还是放弃了。

塔吊的横臂上根本没有路，三角形的钢构件在贾小兵和驾驶舱之间形成了近乎透明的通道，空洞而遥远，仿若世界的两个极端。小时候吴清源经常和小伙伴玩跳房子的游戏，用树枝在地上画出一些方形和三角形的几何图案，人在图案的空格里单腿或双腿跳过去。那时，每到终点，都会欢呼雀跃，兴奋得像一只小鸟。而现在，脚下也摆着类似跳房子一样杂乱的几何图案，只不过，那些线条才是真正可以下脚的地方，要是能化成小鸟飞过去多好。借助钢索的帮助，吴清源连攀带爬把自己搬运了过去，直到靠近贾小兵两三米远的地方停下。此时，依稀感觉到眼角有亮光闪过，他想，大约是地面记者照相时镜头的反光。

“又见面了！”还没等剧烈起伏的胸口平缓下来，吴清源吐出了第一句话。没有责问，倒像是在打招呼，或者说是自言自语，仿佛二人是熟识的朋友，只是不常见而已。

贾小兵并不回答。

“你有多少工资没拿到？”

“两万八。”这下，贾小兵吱声了，听得出，喉咙干哑得厉害。

“你有恐高症，为了两万八爬到这儿，值当吗？”

“恐高症的事是骗你的，对不起。”贾小兵低下头。

“哦，哦，这样啊。哦，包头做亏了那是他的事，工资没发，你干吗不到劳动局找我，我不是跟你说过了吗？现在这一弄，等于变相替包头讨要工程款呢……”口干舌燥地一口气说了这么多，吴清源突然后悔上塔吊的时候没有带两瓶矿泉水上来。

“包工头贾强是我哥哥。”

吴清源愣住了。刚开始听项目经理提到包头名字的时候，心里就曾闪过一丝念想，两人都姓贾，这么巧，莫非沾亲带故？只是万万没想到，他们竟然是亲兄弟。

“那也不能硬把十八万变成二十六万啊！”吴清源叹了一声。

“没有的事，工地骗我们，十八万根本做不下来的，项目经理心里清楚得很。让我们先干，说后面再加钱，结果做完了，翻脸不认账，我本来想找你来着，又怕给你添麻烦……”

“哦，哦，哦，原来是这样。”干净的白衬衣飘进脑海，伴着不知名的香水味，吴清源看了看贾小兵，一件没有牌子的T恤又脏又破，领口都变了形，如同回不去的过往。

沉默，明晃晃的沉默，疲惫不堪的沉默，似乎两人想讲的话，连同口水都被烈日烤干了。

“我也当过兵，海军退伍。”过了好久，贾小兵又闷闷地冒了一句，一股喉咙口烧焦冒烟的感觉。这下，萦绕在吴清源脑海里的所有问号全部拉直了。吴清源的眼神柔和下来，像首长看着自己的士兵，士兵身后一片蔚蓝，多像海军战士魂牵梦萦的海呀。

“下去吧，各部门都在，县领导也在，事情总会解决的。”吴清源用命令的口气不容置疑地说。

“求你件事，下去后包头是我哥这事能不能别和其他人讲？”

“嗯，嗯。”吴清源以口里发出含混不清的声音作为回应。

站起来，转身，手扶滚烫的铁手臂，猫腰，抬腿，跨步。吴清源尽量在贾小兵面前保持一种镇静，就像当年在舰艇上遇到大风浪时，高喊让士兵不要慌一样。

不到三十米的空中小径踩在脚下，软且长。吴清源镇静地挪着，一小步一小步，后面跟着贾小兵。驾驶舱越来越近，消防战士的手前伸着，等待着。

突然，吴清源一个趔趄，一脚踩进三角形的空格，如同在玩跳房子的游戏。

“啊！”地面上的人群顿时一阵骚动，仿佛防步兵地雷的引线被吴清源绊到，猛然炸开了锅。眼看着吴清源身体失去平衡，后面的贾小兵异常迅捷地伸手揽了过去，却揽了个空。下面的人甚至都来不及收住喉咙里恐惧的尖叫，然后，吴清源像一只铅球在空中疾速下坠……

一个月后，《梅川日报》大篇幅报道了优秀共产党员吴清源为民讨薪的先进事迹，标题是《古有包青天，今有吴清源》。

（刊发于2019年第6期《芳草潮》）

永远的排长

一

地爆连连长刘强是一个很奇怪的人。每年“八一”连队组织会餐时，他总是仅仅出席个“开幕式”，指导员致完辞全体官兵“干！干！干！”三连声碰杯之后，他就沉着脸默默地离开了，满桌子好菜硬是一筷子都没碰。刘强不是不吃，更不是不喝，他是要去陪自己的排长郑帅一起过这个节。

连长宿舍里，一张小方桌已经支在了正中间，连队食堂里战士们饭桌上的美味佳肴，这张小方桌上也有，只不过没有那么多，也没有那么丰富罢了。但就是几个小菜、几瓶啤酒，也已经将不大的小方桌挤得满满当当，看起来很是丰盛，足够两个人吃喝了。过节就应该这样，何况是他们军人自己的节日，一年仅此一回呢！

用嘴咬开啤酒瓶盖，刘强将啤酒先倒进方桌另一端的玻璃杯里，再给自己的杯子满上，然后端起手中的酒，用杯口对着另一只杯子的杯壁轻轻一碰，强颜欢笑地说：“排长，节日快乐！第一杯酒，我先干为敬！”说完，仰头一饮而尽。酒一入喉，刘强的眼泪就夺眶而出了，怎么也止不住，仿佛眼泪是啤酒变的。泪眼蒙眬中，刘强似乎依稀看见小方桌另一端的马扎上，排长郑帅正微笑着端起了酒杯……

二

1997 年 7 月的骄阳，用凶猛异常来形容一点儿也不过分，几乎是追着郑帅的脚步，从北国西京一直烘烤到特区夏州。刚一出夏州火车站，晃眼的阳光刺得郑帅几乎睁不开眼，由地面升腾而起的热浪能一下子把人蒸出一杯汗，这和西京又有什么两样？这还是世界宜居城市夏州吗？再说了，夏州不是靠海吗？海风都到哪里去了呢？本想先在市区逛逛，领略一下南国特区的美丽风光再做打算，这时，却是连一丁点儿欲望都提不起来了。

火车站广场严禁停车，此时，几辆军车却扎眼地停在广场上，有大卡车，也有中巴车，甚至有小轿车。夏州不愧是双拥模范城，对人民子弟兵果然是厚爱有加。尽管只有大卡车是一身的国防绿，一眼就可以识别，但中巴车和小轿车悬挂的白色军牌却明白无误地表明了它们军车的特殊身份。

郑帅背着五花大绑的背包，拎着行李径直朝那辆孤独的绿色大卡车走去。野战部队哪里会用大巴车来接人？小轿车就更别痴心妄想了！光看这接新毕业干部的车辆就能看出个高低贵贱来。把背包和行李扔上车，再把自己也扔了上去，有个中士过来说话了："是去工兵团报到吗？"回答说是后，那中士立马钻进驾驶室，直接将车辆发动了。后来郑帅才知道，这个中士叫刘强，外号"强哥"，是一个已经第四年正超期服役的老兵。大卡车虽不气派，却是即接即走，一点儿都不拖泥带水。"倒也很符合野战部队的作风呢！"

郑帅暗想。

偌大的车斗里只有郑帅一个人，从某种意义上讲，这才是真正的专车接送！大卡车用绿色的篷布盖着，车斗前后洞穿，车一开起来，郑帅便有些觉出海风的味道来了，人也不那么燥热了。特区还是有特殊之处的，街道、高楼和内地城市相比不见得如何繁华，但总给人一种不一样的感觉，显得特别干净，用水洗过一般，明亮耀眼，色彩分明。特别是道路两旁高大的椰子树，以及一路相随肆意绽放的一团团不知名的或紫或红的三角形的花朵，把这座滨海城市衬托得姹紫嫣红，颇具异域风情不说，看起来更是赏心悦目。更令郑帅觉得舒坦的是，一路下来都特别安静，川流不息的车辆在宽阔的马路上各行其道，几乎没听到什么喇叭声，这和之前走过的许多城市明显不同。

“啊，大海！”当车辆行驶在一座直直的桥梁上时，郑帅一下子激动地喊出声来。可不是吗？蔚蓝色的大海就在左右两边，被大桥劈成两半，形成了两片巨大的翅膀，载着大卡车在海面上轻盈地飞翔，一切的一切和儿时的梦一模一样。想到自己即将扎根在这样一座美丽的城市，郑帅情不自禁地深吸了一口海风，心中腾起无数美好的想象来。

不过，渐渐地，郑帅就觉得事情有些不大对劲了。

怎么大卡车还在跑？为什么路边的景物越来越杂乱？还有，什么时候喇叭声变得到处都是？前方究竟是什么地方？大卡车还在拐弯，拐得人头都晕了，车辆还在前行，行得人心里好像有十五只吊桶打水——七上八下。直到路边现出一座低矮的小村庄时，大卡车这才放慢了速度——不慢不行，窄窄的两车道，会车都要小心翼翼呢！如果说刚才还在珠穆朗玛峰峰顶的话，郑帅此刻的心情已经掉到马里亚纳海沟里去了，拔凉拔凉的。

最终，大卡车在一个顶着红色五角星的大门前停了下来。就是这儿了！抬腕看表，已是下午四点整，时间不知不觉竟然已经过去了一个半小时。特区特区，原来指的是“特别偏远特别艰苦的地区”，这样一想，郑帅不禁苦笑起来。军校毕业时，因为分到特区，羡慕嫉妒恨的战友非逼着郑帅请客不可，结果，痛并快乐着的郑帅还是咬碎了钢牙，在学校附近的小吃店里摆了一桌才解决问题。前不久还在小吃店里指点江山、豪情满怀地憧憬未来，此刻却来到这个连地名都不知晓的野外荒郊施展自己所谓的人生抱负，郑帅这才真切地意识到现实是多么残酷和无情。丰满的理想尚在云端，骨感的现实已在眼前，根本容不得半点儿添油加醋般的想象。

三

政治处干部股办公室里，一个顶着上尉军衔的瘦高个干部面无表情地看了郑帅双手递过的行政介绍信，二话没说，抄起电话拨了五个数字，对着话筒威严而大声地说：“地爆连吗？我是干部股曹干事！来个兵接一下你们的新排长。”郑帅这才知道，自己将会在地爆连开始自己的排长生涯。

地爆连也许是这个团最偏最远的一个连队了，窝在靠近团队后山的一个旮旯里，距离机关足有两公里远，而且超级破烂。麻将牌似的横竖着四五条简陋的石头房，显得老态龙钟，一看就让人怀旧，再看就让人心酸了。虽然美其名曰团直属队，却简直比后娘养的都不如。刚才路过的那些连队营房多气派啊，白色的外墙瓷砖，红色的尖顶琉璃瓦，还有篮球筐上挂着白网的水泥篮球场，怎么看怎么舒服，那才配得上特区部队的名头嘛。回头看看那些崭新的营房，再瞧瞧即将安营扎寨的地爆连营房，郑帅觉得，自己就如同站在港深界河边看20世纪80年代的香港和深圳，一时间，仿佛掉进了冰窟窿，从里到外直冒凉气。

一路上竟然没有遇到一个人，到处静悄悄的，问前来迎接自己的新兵，才知道部队海训去了，难怪这么安静。濒海训练是沿海部队夏季的例行性训练内容，身为北方人的郑帅在军校里就知道这个，早就对海训充满了向往呢！此刻，却没有因为与海训擦肩而过生出一丝的懊恼与遗憾，试问，还有什么比分在这么偏远破烂的连队更让人懊恼和遗憾的呢？

沮丧地在排房里放下行李，郑帅还没来得及喝口水，连部班接自己的那位一道杠新兵竟一阵风一样冲了进来：“排长，干部股通知您回去！”

郑帅还以为自己漏交了什么材料，要回去补办一下，没想到那新兵竟然直接帮自己扛起了背包行李，这才知道事关重大。原来，负责留守工作的政治处陈主任看了他的档案后，觉得把这样一个有写作特长的地方青年本科生放在基层连队有些埋没人才。干部股正好缺个会写材料的干事，索性把他先放在干部股试用一下，这才叫干部股追着屁股又打了一个电话。

再次来到干部股，那个瘦高个儿的上尉曹干事此刻态度已经明显不同，脸上有了些许笑容不说，甚至还站了起来：“欢迎加入干部股，我叫曹武，以后就都是同事了，有什么困难尽管说。”说着，伸出了右手，郑帅慌忙双手迎了上去。简单地交代完一些工作，那曹干事对着走廊就是一声喊：“小李，带郑干事去宿舍。”不远的走廊尽头，立刻响起一声响亮的回应——“到！”

“啊，郑干事！”这称呼叫得郑帅一下子热血沸腾，自己一天排长都还没干竟然就直接进了机关成了干事？“部队在荒山野岭又怎样，个人的事业才是王道，个人发展顺利了，走出地爆连是迟早的事，进更大的机关也指日可待呢。当年自己不就是靠着不懈的努力才走出了老家的大山吗？”郑帅的信心像帆船上的帆布遇到强风一样一下子又胀得鼓鼓的。

毕业之前实习时，就有老校友老学长告诉过他们这些红牌（军校学员上学时挂红色肩章），毕业之后要想办法早点进机关，司政后装都可以。一旦进去了，可以直接下副连职命令，机关干部三年一调职，只要不出大的差错，时间一到就可以稳稳地调上正连了。但若在基层连队就不一样了，尽管本科毕业定的是副连职，但命令是排长，两三年后给你下个副连长的命令，表面上提升了，可依然还是副连职，等于是原地踏步，相比在机关干，整整晚了一个批次。一步慢，步步慢，当过兵的人都清楚。这道理说复杂也复杂，复杂到可以将人生说成几万天；说简单也确实简单，不就是一辈子吗？

后来郑帅才知道，团里1997年那一批总共下来了三十名排长，就他一个人在连队一天都没待就直接进了机关，据说是创下了团队有史以来进步最快的纪录。

当然，郑帅同样也保持着另一项尴尬的纪录——刚上机关十一天就被赶了下去。

四

本来，开始十天郑帅干得还是十分卖力、谨小慎微的，也顺风顺水。可第十一天，也就是八一节前两天，大部队从海训场回撤后，一场点名改变了一切。

晚上七点二十分，军官训练中心灯火通明。再过十分钟，团干部大会将在中心一楼指挥大厅召开。大会召开前，点名是例行项目，而负责点名的，自然就是管干部的干部股了。

大厅入口处，曹干事军姿挺拔地站立着，不少比他军衔还高的基层军官走过他身边时，均会热情地打着招呼，曹干事并不回答，只是微微地点头。这让站在旁边的郑帅感慨不已：机关就是机关，干部职级再低也是机关干部，派头在那儿摆着呢；基层就是基层，干部职级再高，看见机关干部也得点头哈腰。不少人眼神扫过郑帅的肩章时，脸上露出惊讶的神色，有的一闪而逝，有的甚至来个附加动作——朝他有意无意地点下头，弄得郑帅忙不迭地点头回礼，心里受宠若惊。

七点半，当团长政委在主席台落座后，闹哄哄的指挥大厅立刻变得鸦雀无声。轮到曹干事上场了，可刚才还精神抖擞的曹干事此刻突然眉头紧皱，身体弓成了虾米，拿着干部花名册的右手使劲儿地揉着腹部。似乎是厅里的空调开得太凉，引发了腹部痉挛，又似乎是晚饭吃坏了肚子，总之，曹干事突然内急。曹干事和主任简单地口头请了假，就一把将花名册塞进郑帅的手里，急急地奔了出去。

大部队刚回来，团队到处乱哄哄的，一下子冒出这么多人，郑帅本来就有些晕头转向，此时曹干事一走，竟然六神无主起来，大脑似乎被人摘了出去，空荡荡的有些虚无。时间仿佛停滞了，郑帅呆呆地站在门口，只觉得上百双眼睛在自己身上扫描，自己活脱脱就像被扒光了衣服一样公然暴露在一干人的视线里，隐私全无，没有一丝保留。前几天部队北门外的东山村热闹，场面蔚为壮观，祖庙前的空地上，几十张红漆方桌整齐排列。每一张方桌上架着一头刮得白净的大肥猪，而每个猪头上均插着一把尖尖的杀猪刀，刀柄上串着猪心猪肺，血腥而恐怖，让人震撼。自己可不就是那白花花的大肥猪吗？不同的是那些都是死了的肉身，而自己偏偏是活物，那些足有几十头，而自己偏偏孤身一人。

陈主任咳嗽了两声，温和地说："小郑，开始点名！"主任温和却有力的指示一下子把郑帅从懵懂中拉了出来，大脑终于回来了，郑帅的灵魂开始归位了。不就点个名吗？军校里练过千百回，再说也是抛头露面的难得机会哩，常言道，危机孕育商机，这是考验自己的时刻到了！

"胡文斌！"郑帅稳住情绪，展开花名册，尽量提高嗓门，坚决果敢地念出了第一个名字。本以为马上就会有人答"到"的，竟然无人应答，场面就僵在了那里。郑帅再次抬高嗓门，重复了一遍，空气中依然一片死寂。正当不知所措的郑帅准备重复第三遍时，陈主任有些气恼地插话了："团长政委等常委不用点，直接从范跃军开始！"

原来胡文斌是团长，郑帅感觉自己的脑袋又开始变得空荡荡的，该死的马里亚纳海沟又来了。将团长放到解放军军官序列里虽然算不上什么大官，但在一个团里，他却是最高行政长官，毋庸置疑的权力第一人，能够轻而易举决定一名干部的前途和命运。正是因为清楚地知道这一点，郑帅才知道自己闯了大祸。心里暗道不好，却不得不硬着头皮往下点名。至于那天究竟是如何点完名的，郑帅后来一点儿都不记得了，这种感觉也许要喝完一整瓶牛栏山白酒才能真正体会出来，那叫失忆或者断片，不靠别人帮忙，根本寻不出一星半点儿记忆的残片。

郑帅第二天就狼狈地逃回了地爆连。还好，就算是得罪了玉皇大帝，也还有个容身的地方，哪怕它就是个狗窝，哪怕它破败如斯。只是指导员再看他时，眼神里却多了些说不清道不明的东西，有可怜，有同情，似乎也有一丝轻蔑，甚至还有一种幸灾乐祸。

“郑帅，你到二排负责一下工作吧，二排长休假了，正好上上手。”指导员话很平顺，但郑帅却觉得刺耳，因为指导员似乎把“郑帅”念成“真帅”了。

郑帅转身正欲离去，指导员又补充了一句：“以后遇事多想想，稳着点儿！”听到这话，郑帅蓄积了一天的眼泪终于泄了洪似的夺眶而出，但他没有擦，他不想让指导员看见他泪流满面的窝囊样。

五

不到半个月，就被接连打击了两次，先是分到“特别偏远的地区”里的“深圳”给了自己当头一棒，好不容易天上掉馅饼进了机关，却不想馅饼没吃到，反而掉进了陷阱，落下一件供人茶余饭后消遣解闷的绝妙谈资。郑帅怎么想怎么来气，怎么想怎么郁闷，怎么想怎么低落。也就是这个时候，他跑到军营超市购买了人生中的第一包烟。不等找零钱，郑帅早已拆开烟盒，抽出一支叼在嘴上。打火机打着了，奇怪的是烟却点不着。再一瞧，自己竟然拿火在点过滤嘴，弄反了，能点得着吗？想将香烟掉个个儿，香烟却在唾液的作用下牢牢粘住了干燥上火的双唇，猛地一拔，郑帅疼得龇牙咧嘴——嘴唇上的细皮嫩肉都连带着扯了下来，用手一摸，竟还流着血。简直是福无双至祸不单行，诸事不顺呢！

明天就是“八一”，本以为部队会放假休整一天，哪知道晚饭前，指导员把连队干部召集起来，开了个紧急碰头会。说是有首长明日来团队检查，要求各排利用晚间点个名，将迎检事项通知下去，同时要提高标准，把各自责任区的卫生搞好，若是出了差漏，一定严肃处理。“过个节都这检查那检查，弄得人紧张兮兮，还让不让人活了！”郑帅心里虽不高兴，却也清楚，这就是部队，说是过节，其实就是过关，再多的想法也要烂在心里，行动上必须无条件地服从。

晚上会过餐，一排、三排都相继吹哨集合了，郑帅也赶紧吹了哨。别看排长是部队最小的芝麻官，一集合起来人也不少，几十条枪呢，把排房站得满满当当。尽管最近诸事不顺，但站在自己的手下面前，郑帅的自信和底气还是很足的。

“李文！”郑帅话音刚落，李文的“到”字就跟着响亮地冲了出来，这让郑帅相当满意。“张强！”张强的“到”字也飙得十分卖力。看来刚刚过去的海训效果非常明显，战士们的精神状态昂扬得很！每个人的声音都中气十足，尽显男儿阳刚之气，给足了郑帅面子。然而……可是……但是……这个世界上类似这样的转折词真是太多了，稍微一转，就转到了事物的另一面。当然，世界上的事物总是在不断发展变化着，从哲学的观点上讲，这也符合事物的发展规律，不幸的是，它又一次准确地落到了郑帅身上。

就差最后一个人没点了。

“刘强！”

…………

…………

没人回答！

这个不会又是团长的名字吧？郑帅心里恶作剧地想着，一个阴阳怪气的声音冒了出来：“排长，以后点我名时，别叫名字，普通话不标准听起来好像我叫‘流氓’似的，喊我强哥就行了，大家都这么叫，听着过瘾。”话音刚落，排里竟然有人忍不住哧哧地笑出了声。

原来这家伙就是刘强。这不是火车站接自己的那个中士吗？别人都去海边练得跟小黑人似的，他没病没痛的却窝在家里留守，养得白白嫩嫩的，和其他战士相比，白得让人生气，嫩得让人火大！刚来连队报到时，指导员就曾经嘱咐过他，这个刘强很刺头，屌得很，带好了可能是个英雄，若是带不好，就会沦为一头狗熊。英雄狗熊无所谓，那都是他刘强个人的造化，不关乎集体什么大事，怕就怕这二货是一粒老鼠屎，弄不好会坏掉全排这一锅粥呢。

如今，他不正在干着坏掉一锅粥的事吗？

如果这事发生在和郑帅同批毕业的一排长身上，会怎样呢？估计他会直接开骂：“想干吗？新兵蛋子一个，不想混了是吧，不想混早点儿给老子提出来，年底退伍滚蛋！”不过，这事也根本不可能落在一排长身上。谁叫他是土生土长的老“地爆”呢？这里可是他的老巢加根据地，自打当新兵开始他就在这个连队，一直待到提干上军校，不少现任班长都是他带过的新兵呢！虽然和郑帅同批毕业，但在连队享受的待遇和福利完全不同。谁敢在他面前蹦跶，不是找抽是什么？

如果这是私下场合，郑帅一定会觉得刘强这个兵很开朗，很幽默，很自信，但放在排点名这种严肃的场合胡搅蛮缠，给人的感觉就完全不一样了。这是赤裸裸的挑衅！这是对排长权威公然的挑战！不仅郑帅这么想，全排的战士应该都这么认为吧！他们微微扬起的嘴角一览无余地传递和透露着这样的信息：看你如何接招？

郑帅本想强压住自己的怒火，却根本没有想到自己嘴里竟会迸出脏话。更可怕的是，骂着刘强的同时，郑帅紧攥着的拳头发了疯似的落在了刘强的脸上。

郑帅打人了！

奇怪的是刘强并没有还手，仿佛成了蟑螂小强，坚强地迎接着一顿疯狂拳头的伺候，更奇怪的是没有一个人拦着，大家似乎惊呆了。没人想到这个细皮嫩肉、秀里秀气，既瘦弱又白净的学生官，竟然会直接用拳头解决问题，他的内心里究竟潜藏着怎样的火气？没人知道。一切就这样突然之间爆发了，没有任何征兆，如同夏季里的雷，来得猛，打得急，一下子炸开了，容不得细想，愣神之间，又早已逃逸得没有踪迹。

刘强用手擦了擦嘴角的血迹，一副无所谓的样子，缓缓地说："新排长的手劲儿还挺大的，没事，强哥扛得住。"此话一出，大大出乎众人的意料，一群人呆呆地立着，不知道两人到底怎么回事。

还是郑帅率先回过神来："点名完毕，解散！"

六

名是点完了，队伍也散开了，这件事却没那么容易过去。

第二天，检查组刚走，保卫股就来了人，而且是股长亲自来了，目的就一个——调查郑帅打人的事。这事放在几年前可能还不会像现在这么严重，都是血气方刚的小伙子，哪个新兵没有挨过揍？又有哪个老兵没有打过人？但如今，部队都在搞正规化建设，讲究文明带兵，干部打兵就不再是小事了，而是闪着电弧的高压线，一旦触碰了是要挨处分甚至降职降衔的。郑帅又不是傻子，点名结束不到一个小时，他就意识到了事情的严重性。

可事情已经发生了，他又能怎么办呢？

保卫股股长长着一张国字脸，威猛无比，当他铁青着脸，眉毛上扬，嘴角下扯的时候，国字脸更方正了。若他的肤色再黑一些，和包公倒是有几分相像。

部队的保卫股相当于地方上的公安局。郑帅不想隐瞒什么，因为什么也隐瞒不了，事情摆在那儿，说清楚了反而痛快。再说了，人家保卫股的领导也不是吃素的，真想审，哪有审不出的案子，老老实实配合最好。

股长刚一开口问，郑帅便竹筒倒豆子似的一五一十交代得仔仔细细、彻彻底底。他不想毕业后的第一个“八一”一整天都被人审来问去。保卫股股长显然没料到郑帅如此爽快，问得差不多了，便让他在一摞材料上不断按手印，每页都要按，按得人手酸。这让郑帅恍惚生出一种即将上刑场的感觉，不知为何，心里反而一阵解脱。

从军校毕业到现在不过一个月的时间，自己身上就发生了这么多事，回想起来不禁恍若隔世。掏出一支烟，再点上，郑帅已经不知道这是今晚自己点燃的第几支烟了。猛吸一口，一团浓烟入了喉，进了胸，冷不丁却又突然反转回了喉，一口气没接上，直接堵在喉咙口。郑帅不禁猛烈地咳嗽起来，呛得眼睛里都是泪花。这还不算，再一次试图把烟凑近嘴边，郑帅只觉得腹内开始翻江倒海，蹲下身哇哇地呕，却什么也吐不出来，只余眼泪、鼻涕、口水混作一团，稀米粥似的从唇上、脸上、下巴上往下落。

原来抽烟也可以抽醉，以前郑帅只是听别人说过，这次自己才算是彻底尝到了醉烟的滋味。

七

本以为肯定会受到严肃处理的，却没想到，不光他郑帅没有想到，不少亲历此事的人也绝对想不到，当郑帅抱着必死的心态左等右等时，事情竟然没了下文，最后干脆不了了之了。原来，那刘强死活都不承认排长打过他，尽管他的半边脸依然红肿，但他仿佛是王八吃秤砣——铁了心，一直不改口。当事人拒不承认，这事就犯了难。

这边郑帅还在连队器材库边角上醉着烟，那边刘强则躺在床板上呆呆地抚摸着自己肿胀起来的右脸，呆呆地出神。当新排长并不凌厉的拳风袭过来时，刘强本可以轻易避开，就算避不开，也可以快速反击的。刘强自己都没有想明白当时为什么不避开，为什么不还手。当强烈的痛楚从脸部神经传递到大脑时，刘强竟然瞬间想起了曹武。是的，他刘强在替曹武挨这几拳呢。兄债弟还，天经地义，谁叫他曹武不厚道耍阴招呢？

“哥，你干啥呢？开会咋不进去呢？都已经开始点名了。”看到曹武缩在军官训练中心西侧的卫生间门口抽烟，去超市购物的刘强径直上前问道。

“嘘，小声点儿，别让里面的人听到！”曹武似乎受到了惊吓，赶紧伸出食指竖在嘴唇上，轻声地制止他。刘强这才下意识地收了嘴，往指挥大厅里瞧。咦，那不是前不久自己从火车站拉回来的那个红牌吗？此刻他正满脸通红地站在台前，手在抖，腿在颤，如同遭批斗一般，嘴里说什么根本听不清，下面喊“到”的声音却一个比一个响亮，真是一出绝妙的讽刺剧本。

原来他在点名！这不是哥的事吗？再说了，这刚来的嫩雏儿哪能上台点名呢？想到这红牌，刘强不禁想笑。在火车站第一次见他时，本想上前帮着提下行李的，可一见他那背着背包的酸样，走了几步就果断停住了。现在还有谁会像这位白面书生一样背着背包到部队报到的呢？那些从部队考上军校再回来的排长，哪个不是雄赳赳气昂昂地仅仅手里夹着个包包，或者拎着简单的包袋呢？干部就得有干部的样子，什么背包啊，大件行李啊，托运不就得了，犯得着费那么大劲儿带在身边吗？再说了，什么年代了，还用背包绳打背包，真是土得掉渣！

看来自己真是看准了，这红牌不仅人长得不咋的，形象也不好，点个名都浑身筛糠似的，成不了大器。“就算让我上去给干部点名，都不至于这样呢！可惜自己仅仅是个兵。”叹着气，刘强离开了哥哥。

回到宿舍，刘强拆开烟盒，掏出一支香烟，咔的一声打着了打火机，正准备点火，却一不小心点着了思想灵感的火花——哥哥该不是故意躲开想出红牌的糗吧？这个想法一冒出来，刘强只感觉浑身一个哆嗦，再前后联系起来仔细一想，一下子什么都明白了。明白过来时，这才发现自己的脸又热又烫。

八

“八一”过后好几天，保卫股都没有派人来找过郑帅，弄得郑帅心里颇不安。虽然郑帅已经当着全排战士的面向刘强道了歉，但他觉得，无论如何，自己还是得找个机会当面单独向刘强道歉，同时也顺便解开心中的疙瘩——为什么他打不还手？为什么保卫股股长询问他时死活都说没打？

没想到，还没等郑帅寻机会，刘强倒是先主动找了过来。

周六晚上，大家都在热热闹闹地甩老K，唯独郑帅在码字。刘强过来敲了敲他的肩膀，然后径直走出排房。郑帅会意，放下纸笔跟了出来。七拐八拐，竟然跟到了司务长的房间。司务长房间亮着灯，却空无一人，屋内的小方桌上放着一些从军营超市买来的鸡爪和花生，另加两瓶啤酒。一看眼前情景，郑帅就明白刘强是早有准备，便也不客气，坐到了刘强的对面。

刘强待他坐定，打开啤酒，也不管郑帅喝不喝，直接吹瓶干掉了，红着眼说："那曹武是我同母异父的哥哥，他害你呢！他怕你挡他的路，妒忌你，这才设了个局暗算你。那天我路过军官训练中心，看到他出门后就蹲在拐弯处抽烟，并没有进厕所，一直观察着里面的动静。"闻听此言，郑帅一下子呆住了。他总觉得那天点名的事透着古怪和蹊跷，却没想到这里面竟然藏着如此玄机。不等郑帅接话，刘强又说："现在你打了我，咱们扯平了，谁也不欠谁！"

原来如此，原来如此！郑帅还没问话，刘强竟然就已经替他将心中所有的问号拉直了，还有什么可说的呢？

郑帅也拿起面前的啤酒一口气喝了个干净，擦擦嘴，撂下一句话："打你是我不对，我向你道歉。就算曹干事害我是真，也只能怪我自己窝囊！不怨别人！"说完，便头也不回地离开了司务长房间。

这下轮到刘强呆住了：“一个新排长能这样想，颇不简单呢，也难怪哥哥妒忌！”

九

新排长当没当过兵，战士们一眼就能看出，他们的辨别方式大致有三种。一看肤色。这就好比家庭主妇去菜市场买菜，菜新不新鲜一眼就能瞅出来，喷洒再多的水也没用。郑帅属于那种鲜嫩的蔬菜，根本用不着喷水，光凭皮肤颜色大家就能心知肚明。就算是郑帅晒得和战士一般黑，可只要养一段时间，就又恢复了白皙状态，战士们却极难恢复。二瞧军姿。尽管郑帅这样的青年学生官同样能将军姿站得笔直，但只要有人在旁边伸出一根指头在肩上或者腰部一戳，立马底盘不稳，摇摇晃晃。战士则不同，不仅站得直，更站得稳。有如一棵松，脚底生了根似的牢牢地钉进了土壤里，推都不见得推得倒呢。三听口令。郑帅喊出的口令没有杀气，软绵绵的，喊来喊去，一个队伍带到最后总是走得松松散散，不成样子。而一旦一排长接过口令，队伍行进起来立马呼呼作响，好似一块钢板，老远都能听到手臂擦裤缝的声音——他的口令杀气够足！

三点归纳下来，郑帅在一排和三排战士眼里，成了一个好看却不中用的花瓶，但二排的弟兄们却不这样认为。刘强在排里一向嚣张，平时大家都让着他，心里却恨得牙痒痒，眼看着又要欺负面条似的新排长，却没想到会被新排长一顿暴揍，而且丝毫不敢还手，这可解了战士们心头之恨！别看新排长瘦骨嶙峋的，下手可是快准狠，相当凌厉呢！

当然，这只是个引子，真正让排里战士喜欢并敬佩新排长郑帅的，源于另外一件事。

上级给地爆连配了一部综合扫雷车，这扫雷车本不是什么新鲜装备，欧美都配备了快三十年了，郑帅读军校时就从军事杂志上看到过。人家的扫雷车综合性能好，一体化程度高，看上去也很精致，咱们的比不了。不过，有总比没有强，总算是把咱们自己的扫雷车给盼来了，差点儿没关系，迎头赶上就是了。

这扫雷车其实就是在一辆坦克上安装相应的扫雷设备整合而成，结构并不复杂，也称不上什么高科技，对基层连队的官兵而言，却如同挑高四米楼房的天花板，怎么也够不着。不用说坦克发动时巨大的轰鸣与震动让人心跳加速，单是操作舱内那一排排密密麻麻的各式仪表和操作按钮就让人目瞪口呆，一旦全部仪器运转起来，那仪表和按钮上闪烁跳跃着的红黄绿蓝灯光瞬间就能把人闪得头晕目眩。连队官兵大多文化程度不高，他们虽然弄不懂什么技术原理，却擅长操作和实践，老师还没走，一整套的作业流程已经梳理得像模像样，并背得滚瓜烂熟。负责教学的生产厂家来的三名工程师大约是北方人，本来就不大适应南方夏季高温湿热的天气，加上对野战部队基层情况不了解，看到官兵们会操作了，时间一到，就齐齐地拍屁股走人了。

实际上，一个月的强化脱产学习下来，地爆连全体官兵里，对于这个庞然怪物，除了郑帅，还真没几个人能说得出个子丑寅卯来。

既然来了新装备，各级领导都想来看看稀奇，美其名曰检验新装备战斗力。开始几次，地爆连弄得很成功，特别是一排长，出尽了风头。连长指导员将汇报演示的光荣任务交给一排长后，一排长兴奋得好几天不睡觉，组织一帮人夜以继日地攻关上了。深谙首长心理的他决定彻底摒弃过去首长参观前搞卫生、刷油漆，参观时原地介绍装备特点、展示装备性能的传统套路，把心思用在了实战背景下的动态演练上，这一招果然大放异彩。

团队后山的轻武器射击靶场足有一个标准足球场那么大，平时除了轻武器射击外少有人至，杂乱的野草和裸露的黄土给人一种荒凉而原始的气息。现在，它是新装备展示战斗力的最佳舞台。舞台正中央，履带式综合扫雷车傲然挺立，一身新式绿色迷彩狂野帅气，极具现代感觉，在烈日的照耀下异常夺目。身着迷彩服的演练人员在一排长的带领下，于扫雷车前方一字排开，昂首站立，紧张地等待着上级的命令。右前方不远处的一个山头是俯瞰整个靶场的最佳位置，此刻，一个用脚手架制作而成的简易迷彩帐篷就搭在这里，前来参观的首长只要往帐篷里一坐，靶场内的一切便尽收眼底。

砰！随着一颗红色信号弹划破靶场上空，演练开始了。只见一排长将手中的小红旗往扫雷车刚毅地一挥，战士们便各就各位钻进了扫雷车，动作敏捷而迅速，几秒钟后便消失不见，一看就知训练有素。一排长将小红旗再一挥，一股浓烈的黑烟从扫雷车屁股后突突地冒了出来——扫雷车启动了！这个庞然大物一旦从睡梦中醒来，便发出轰隆隆的巨响，仿佛是蓄满能量的钢铁战士，卖力地展示着自己雄性的低吼，令人生畏。一排长将小红旗又一挥，那扫雷车履带便“嘎吱嘎吱”地快速行进起来，速度虽赶不上汽车，但眼见半人深的杂草被它如履平地般碾在履带下，气势上明显较汽车有过之而无不及。突行三十余米，那扫雷车一个急停，车身顿时前后剧烈晃动，犹如奔驰的战马突然被勒紧缰绳，连前蹄都腾空起来。稍一停顿，那怪兽右边履带不动，左边履带咕隆隆一阵猛抖，整个车身便呈九十度转了过来。一排长手中的小红旗再一挥，扫雷车上方两条长约两米的扫雷手臂便由水平方向逐渐擎了起来，最后定格在四十五度方向。

郑帅心知，只要一排长最后一挥小红旗，整个演练就将进入最高潮。那时，两条扫雷手臂中的软索扫雷带将会在火箭弹的带动下灵蛇一般射出，长达五十余米，如两条巨链直直地落在敌方雷场中，将雷场中的地雷引爆，从而炸出两条步兵通路。当然，演练使用的是教练扫雷带，不会爆炸，但这并不会影响整个演练的效果，光扫雷带疾速射出时无与伦比的恢宏气势就足以让人叹为观止了。更重要的是，演练尚且如此，实战就更让人期待了。

然而，当一排长果敢地第五次挥动小红旗后，利剑却并未出鞘，扫雷手臂依然定格在四十五度方向，连同扫雷手臂一起定格的，还有仿佛被寒冰冻住的时间。

一分钟……

两分钟……

三分钟……

迷彩帐篷里的首长不高兴了："怎么回事？怎么没动静了？"坦克底盘还在轰鸣，怎么会没动静？只不过没有领导期待的动静罢了。

此时，帐篷后站立的郑帅像受领了任务一样冲了出去，脱兔一般灵动。人已经跑出去老远了，"我去看看"的声音才慢慢传来。

一分钟……

两分钟……

三分钟……

第四分钟时，两条银蛇终于出动了，似乎是早已等得不耐烦，有些急躁地牵引着爆破带鱼线状地甩了出去。弹头刮擦弹舱的声音格外刺耳，那是一种铁件之间的硬摩擦的声音，划破天空，嗖嗖作响，震人心魄。

一切尘埃落定，迷彩帐篷里这才响起热烈的掌声。

原来，生产厂家配备的A型教练弹已经因为接待前来参观指导的首长消耗光了，谁也没想到厂家这次送来的却是B型教练弹。教练弹到货的当天晚上，郑帅就对照说明书研究琢磨了一整夜，虽然大概弄清了两款教练弹之间细微的差异，却也不敢肯定自己的判断，只得静观其变。当一排长的小红旗并没将教练弹挥出来后，郑帅这才坚定了自己的判断，正因为如此，他才敢自作主张地迅速冲下山头，果然解了一排长的围，更解了连队和团队的围。

用现场参观的首长的话说，“这次演练不仅检验了新装备的性能，同时也检验了新装备快速检修的能力，一举两得，好上加好”。

这件事在连队引起了爆炸性的轰动。不少战士突然意识到，打仗靠身体的时代已经过去了，别看新排长白白净净书生模样，却能驾驭综合扫雷车这样复杂的高新装备，也许这就是人们所说的“知识就是力量”吧。战士们再看这位新排长时，似乎以前的缺点都不再是缺点了，那是知识分子才有的特点呢！

十

正所谓不打不相识，经过几件事，郑帅在刘强的眼里变得不一般了，刘强在郑帅的眼里也开始变得像那么回事了，二人的关系逐渐和谐起来。刘强甚至在公开场合大胆断言：“按照这个势头发展下去，这位新排长很可能不久之后就会被选调进机关。”

也许刘强的话是真的，但却已经无从证实了。多少年后，已经身为连长的刘强总是不由自主地想：“如果时间就在那儿打住，那该多好啊。”可是，该来的总会来，正如那一场突如其来的暴雨。

都十月份了，夏州依然酷热难耐，这天气极不正常，却又再正常不过，夏州地处东南沿海，和北方不同，夏天能持续大半年时间。好在天气预报说过两天会有台风，既不会正面登陆夏州，又能给夏州带来充沛的雨水，真是好极了。那时，温度也许会降下来吧。

台风如约擦着夏州的边缘过去了，却给夏州局部带来了罕见的降水，准确地说，是一场强暴雨袭击了部队驻地。几乎是一夜之间，那条平时温柔无比的巴河突然变得面目狰狞且身材臃肿起来，在山洪的怂恿下水位暴涨，将堤岸完全淹没不说，凶猛的河水还接连吞噬了几个村庄，暴雨却没有一点儿停止的信号。半夜里，团直属舟桥连就已经紧急出动参与救灾了。天刚蒙蒙亮，地爆连也接到命令，立即赶赴大坪山脚下的黄厝村抗洪抢险。

雨中的黄厝村已是一片汪洋，军用卡车开到离村头还有两公里的地方就被混浊的洪水拦住了。连长以最快的速度宣布了作战命令，指导员则简短有力地进行了战前动员。末了，指导员大声问所有人：“对于完成任务，同志们有没有信心？”一时间，全连官兵的回答响彻云霄——“有！”

读了四年军校，郑帅仅参加了一次抗洪抢险，此时，面对肆虐的洪水，郑帅却显得异常冷静。他知道，自己的冷静能让全排战士充满信心，抗洪抢险不光是救别人，也包括保护好自己。一个排只分到一条冲锋舟，郑帅果断地挑选了三名水性好的老兵跟自己上舟赴深水区救人，其他人员由班长带领，在浅水处搜救群众和帮助群众转移财物。见郑帅临危不乱，刘强在心里暗自点头，尽管这位新排长没有参加海训，但他却稳稳地挑中了全排水性最好的三位老兵，看来，新排长平时没少下功夫。随着郑帅强有力地一挥手，刘强迅速发动了操舟机，他可是全排唯一的操舟机手。

雨还在下，发了疯似的洪水把黄厝村淹得只剩下一个个屋顶露出水面，大部分村民在半夜里就已经被成功转移了，现在的任务是搜救那些还未及时撤离的群众。冲锋舟在房屋中间穿行，水面上漂浮的垃圾和动物尸体让人触目惊心，郑帅的双眼像探照灯似的在各个屋顶搜寻，刘强则紧盯着水面，保持警惕。突然，刘强发现一块漂浮的木头上趴着一个小脑袋，既像狗又像人。“那是什么？”刘强大喊一声。大家顺着他手指的方向看去，不禁倒吸一口凉气——那分明就是一个人呢！冲锋舟立刻调转方向，向小脑袋快速驶去。

快靠近了，郑帅吩咐刘强将冲锋舟稳住，一名战士带救生圈和绳索下水固定落水人员，另两名战士在舟上拉绳，自己负责把握平衡和临场指挥。救援工作开展得相当顺利，几分钟后，落水人员被救上了冲锋舟，原来是名老人，一探鼻孔，还有气息。郑帅马上命令冲锋舟返回，先将老人送上岸要紧。就在冲锋舟掉头时，险情发生了，一个大浪击打在冲锋舟的右前舷上，剧烈的晃动让多了一人的冲锋舟瞬间失去了平衡，直接将排长郑帅掀下混浊的洪水……

那天，连队所有人都觉得刘强疯了，不顾一切地驾着冲锋舟在暴雨中搜寻了近四个小时，直到指导员用扩音喇叭告诉他郑帅已经找到时，他才上岸。岸边，所有的战友都直勾勾地看着他，没有说一句话。也许是太疲劳了，也许是一种不祥的预感，腿刚一沾地，刘强就倒了下去。不知怎的，刘强脑海中闪过的最后一个画面竟然是那个趴在木头上的小脑袋。

十一

“要是你一直待在干部股，你一定会没事的！”

“如果不把救生衣套在那老人身上，你一定没事的。”

…………

刘强喃喃自语，似是在责怪排长，同时又像是在责怪自己。往事如烟，却怎么也不能被风吹散。那一次抗洪抢险连队失去了一位本科生排长郑帅，第二年九江抗洪连队却多了一名直接提干的连长——刘强。

“报告！”门外响起通信员响亮的声音。

“……”

“报告！”没有得到连长的同意，门外那声音又响了起来。

“进来！”刘强擦干眼泪，把如潮的思绪和着杯中酒一饮而尽。

“连长，干部股通知，明天有新排长报到。”

“哦……”刘强若有所思。

“我知道了！”

通信员正欲转身离去，刘强突然叫住他。

“是本科生吗？”刘强问。

“是的！”通信员肯定地回答。

“明天干部股再来电话时向我报告，我去接！”刘强大声而有力地说。

（刊发于2016年第3期《同安文艺》）

教你写小说

这事我本来是不想说的。

因为过去快一年了，我都没对外吱一声、冒一泡，也算是守口如瓶。但不知怎的，有些事情不说出来，它就会变成一团气，在大脑里不停地发酵。我觉得再不说出来，我的脑袋会像堵了限压阀的高压锅，迟早要爆炸。既然如此，还是说出来吧。况且，我的诉说不会伤害到任何人，而且是自己的故事。好吧，这总算给了我一个开口的理由和些许张嘴的勇气。

那一天，我清晰地记得，是一个星期一的早上。之所以记得这么清楚，是因为具体日期记不清楚了，这真是一个混账逻辑，但事实就是如此。其实，还有一个线索可以帮助我确定那的确是发生在星期一的事。那就是，每到周一我都百无聊赖，浑身软绵绵的，像团棉花，怎么都提不起精神，哪怕身体并无异样，但一想到即将开始一周的工作，我便像得了厌食症一般，萎靡不振。我甚至发明了一个对付五天工作日的办法，那就是在每个星期三的晚上给自己加几个菜，同时来两盅白酒，美其名曰庆贺小周末。自创小周末这个办法虽然有些勉强和一厢情愿，但至少让我过周末的等待期缩短为两天。庆幸的是，这一招效果还真不错。我这么一说，你大概明白我的逻辑了吧。

一边喝着茶，一边把刚去传达室拿来的报纸摊开。茶苦，报纸上的内容也好不到哪里去，翻过来，覆过去，一时索然无味。拿出订阅的《小说选刊》，刚看个开头，就觉得自己还没整理好情绪应对如此严肃的文学作品，只好发呆——这个周一注定和以往那些开工日没什么太大区别。脑袋一片荒芜之时，手机响了。一看，陌生号码，本不想接，估计不是推销的就是诈骗的。但奇怪的是，仅犹豫了一秒，我就鬼使神差地接了电话。用我后来的话说，这，也许就是缘分，不管是恶缘还是善缘，总之，是你的逃不了。

“喂，您好！”手机里传来一个礼貌的女声，声音是干净纯粹的那种，矿泉水一般，听起来很舒服，能让耳朵瞬间愉悦，而且普通话很标准，这在说闽南语的夏州很少见。

“你好！”我按部就班地回了一句。我想，接下去，她应该要开始她推销或诈骗的伎俩了。

“先生，打扰您片刻时间，是这样，我是仙霞山庄售楼处的销售员，请问您最近有购房的打算吗……”一切如我所料。

原来是卖房的！我心下哦了一声。如果是以往，这个时候我会悄无声息地摁断电话，然后再若无其事地抿一口茶，就像刚才什么事都没有发生一样——现实生活中，这种电话太常见了，没必要过多纠缠，否则，会纠缠不清。

但我竟然没有。不是诈骗电话就好，何况我现在就有大把的闲暇不好打发，一颗无所适从的心也无处安放。

“不好意思，我最近没有购房计划。”我简短地吐出一句，想看她接下来如何出牌。

“先生，如果手上有闲钱，为什么不买套房呢？就目前夏州的房地产市场行情来看，买房绝对是最好的投资手段。就算是刚需，现在的价位虽然看上去有点儿高，但过几年再看，我们会发现，现在的出手是多么正确和及时。”

这姑娘看来挺会说话。先说“闲钱”，把我预设为有钱人，捧得不留痕迹；而后再扯“刚需”，分明兼顾到万一我囊中羞涩，还没买房，岂不是尴尬？总之，无论是哪一类人，听她这么一说，都不会觉得唐突，甚至十分受用，抵抗力不强的，很有可能此时便已经沦为她的潜在客户了。

“不好意思，我去年刚刚买了一套房。”我不徐不疾地接过话头。我发誓，这绝对不是我为了结束对话故意临时起意编纂的谎言。坦白讲，跟她这么有一搭没一搭地闲扯，我不仅没有反感和抵触，甚至有种莫名其妙的快感，如同啤酒花一样的东西在心头怒放。

“噢，是吗？在哪个小区，单价多少？毛坯房还是精装房？”对方并没有因为我已经买房而失去聊天的兴致，这让我颇为意外。毕竟，对一个房地产销售员来说，我的话里明显含有谢客的味道，此时，那些寻常的销售人员应该礼貌地说声打扰，然后果断挂掉电话才对。

这么说来，她注定是不寻常的那一类！

“荣信小镇！精装房！单价一万三！”我一口气回答了她全部三个问题。

“恭喜！您赚到了！那个楼盘我原来也代理销售过，现在快两万一平方米了。”她向我道喜，仿佛我们之间是非常熟悉的朋友，在替我高兴。虽然有些不满她自来熟的劲儿，但是，我必须承认，她说的是大实话。我有个一起看房买房的哥们儿前不久刚刚卖掉荣信小镇的房子，出手的价格是一万九一平方米。一拿到首付款，他就请我胡吃海喝地大撮了一顿，完全是暴发户的派头，因此印象极深。

“谢谢！”我按捺住心中的喜悦，语气依然平静，像《赠汪伦》里桃花潭的潭水。

“那，您有没有考虑卖房呢？”她试探着说出的话让我大吃一惊，难道她的业务不仅仅是帮人买房，还包括替人卖房？不知为何，突然之间，我一下子厌恶起她来，像吃了一只绿头苍蝇一般恶心。买卖通吃让我觉得她仿佛是如来佛，而自己恰恰就是孙悟空，无论怎样挣扎也逃不出她宽大的手掌心。

“对不起！我要开会了！”我生硬地找了个借口，想马上结束这段对话。

“非常抱歉，耽误了您这么长的时间，我姓王，微信也是这个号，如果有需要，可以加我的微信……”尽管对方瞬间读出了我的意图，而且言语恭敬，但我还是毅然地掐断了她的话语。也许，这样才能够清楚地表达我的愤怒吧！也许她也很愤怒，一大早被人将话尾巴堵在嘴里的滋味肯定不好受，可谁让她当如来佛来着？

再次想起她是一周后，依然是星期一的上午。那天早上上班的时候天就阴阴的，一副旧社会被冤枉的女人要落泪的苦闷模样。到了办公室，照例扫地、整理桌椅、烧水、放茶叶，拎着刚烧开的热水壶正准备冲茶，豆大的雨点突然疾速地从天而降，斜斜地敲打在飘窗的雨篷上，发出叮叮咚咚的声响。我的心一紧，手一颤，仿佛被雨点敲打到——我竟然没来由地想起那个既帮人买房又替人卖房的小王来。

我喜欢雨天，它让远处的山峦和高楼若隐若现，让被烟雨笼罩的万物如梦似幻。我固执地以为，这个时候读书，就如同饥渴的大地畅饮雨水，最能消化和吸收，从而让内心的思绪狂潮胡乱奔流。张爱玲有句写雨的句子我很喜欢：“雨声潺潺，像住在溪边。宁愿天天下雨，以为你是因为下雨而不来。”真奇怪，那个售楼小姐很符合这种下雨的心境来细细品读呢。

我似乎没有必要给她打电话，但也似乎有必要跟她解释一下什么，比如为什么匆匆挂断她的电话，尽管她清清楚楚地知道原因。想了想，我觉得还是不打电话为好，先加一下微信，如果顺利通过，则意味着她没有计较这件事。如我所愿，我顺利地通过了她微信发来的好友申请。只是没料到，她会发来一朵玫瑰花作为开场白，而且动作相当迅速。

“不好意思，上次打扰您了。”她反客为主，很明显，通过我加微信好友的附言，她准确无误地记起了我，而且巧妙地将被动转化为主动。

“哪里，说不好意思的应该是我，上次我正好急着要开会，没办法，只好挂断电话，你别介意啊。”我继续在原来的谎言上延伸，末了，为了表达我的歉意，我礼节性地加了一句，“有空来喝茶。”

本以为这是一句再普通不过的客套话和聊天结束符，没想到，她竟然来了兴趣：“发个位置图给我，下雨无聊，正好找你聊聊天。”我一下子被逼到了墙角，一边暗骂自己神经病，一边不得已把位置图发了过去。不发不成啊，哪有刚跟人家赔完不是，转过脸又拒绝别人一个小小的请求呢？

半个小时后，她出现在了我面前。齐耳短发，圆润小脸，大眼睛，肌肤白嫩，红色的水晶耳钉和同样颜色的嘴唇互相映衬，圆领蓝色小西装和同样颜色的包臀裙浑然天成，给人的感觉是色彩鲜明、简洁淡雅，连话语也是。

“王雅真！”她伸出右手，落落大方。

“王兵！”我略微捏了捏她的手，算是握。她的手软得像水豆腐，我想，如果用力，这块嫩豆腐也许会被我粗暴地毁掉。

“本家呢，咦，你怎么脸红了，没和肌肤这么好的女生握过手吗？”她毫无心机地咯咯笑着，自然而随性，仿佛洞穿了我的心事。我一下子面窘如炭，这女子怎么能轻易看出我心中所想呢？怎么能这么自然而随性地表扬自己，却不让人厌烦呢？

我不知所措，在一个小我至少十岁的女人面前。她看起来顶多三十岁，而我，去年的去年就已经过了四十周岁的生日。

气氛有些僵，因为我的沉默。

我用泡茶掩饰我的尴尬，持壶的右手略微颤抖，就像刚才雨点在敲窗，而我的手也在颤抖一样。

“你也喜欢看小说？”她拿起我桌上的《小说选刊》，问道。谢天谢地，她总算替我找到了继续聊天的话题，不然，我简直不知道这样沉闷而尴尬的场面要持续到何时才是尽头。

“是的，看小说能让我舒缓压力，放松心情。”聊到小说，我总算镇定下来。尽管投稿上百篇，却没有一篇在正式文学刊物上发表，但我依然觉得，在小说这个话题上，我还是有一定的发言权的。

“我也是！”她瞬间变得严肃了许多，眼睛里放射出异样的光芒，就像新雨后彤彤升起的朝日所散发的光芒那样。我这才注意到她的话语里连续用了两个“也”字。

“原来是同道中人啊！你有发表过小说作品吗？”这是我比较

关心的问题。对一个从未发表过文学作品的爱好者来说，发表了就意味着更高的等级。其实，心理阴暗如我，更希望她的答案是没有。

她有些羞涩，但不无骄傲地说："几篇而已，碰运气罢了。"怎么我的运气那么背呢？我顿时羡慕和羞愧得面红耳赤，好像她已经知晓我写了上百篇，却全是垃圾一样。我没有接着问她那些小说发表在哪里，我害怕要是问了，她反过来把同样的问题抛给我，那岂不是让我无地自容！

也许是觉察到了我的窘迫，她故作清淡地自嘲："也没有什么啦，对我来说，写小说就是要有一个好题材，然后会说闲话，再就是弄一个不明不白的结尾。"听她这么一讲，我基本可以确定，她的的确确懂得写小说，至少，她有写过，否则，面对小说这个临时的话题，而且是有些小众的话题，她一时之间不可能应对得这么到位。

尽管我的小说没有变成铅字，我以为，那是没有碰到伯乐的缘故。至少，我的写作题材是多样化的，非常丰富，这和我面向基层的工作性质有关。而且，写小说时我也会说闲话，看似东扯一句，西拉一句，实则其中蕴含了太多的细节和铺垫。另外，闲扯还有个好处：可以不动声色地把一些不易正面表达和交代的边边角角交代清楚，从而给人以较强的逻辑性和连贯性。

我把我的观点委婉地说了，她显然很吃惊，同时也很赞同我说的话，从她惊讶的眼神和频频点头的动作中，我找到了一种久违的满足和自信。要不是她接了一个电话，我估计，我们之间的第一次聊天会持续到雨停。尽管，那天的雨直到下午都没打住的迹象。

走的时候，我拿了一篇我最得意的小说稿给她，请她指教。她像收房本一样小心翼翼地放进手提包里，这个细节让我觉得温暖，觉得自己受到了尊重。离开的时候，她又接了一个电话，但还是腾出一只手，冲我俏皮地做了个 OK 的手势。直到现在，我都非常肯定，她的手势比微信表情里的那个 OK 手势更潇洒，更耐看，更迷人！

是的，我被王雅真迷住了，准确地说，是被她那些关于写小说的经验和体会迷住了。要不是她急着要走，我想，我会很认真地问她什么是小说不明不白的结尾，然后，自然而然地在下班时分请她吃个便饭。

没想到，两天后她竟然主动发来微信，说是六点半请我在上岛咖啡屋喝咖啡。

接到微信的时候我有些恍惚，怎么我想做的事情她都第一时间想到了呢？莫非她是我肚里的蛔虫？难道这就是冥冥之中自有天意？我一个四十多岁的胡楂儿大叔，能和她发生些什么呢？人家又是怎么想的呢？

记忆里，自从有了小孩之后，我就再也没有去过酒吧或咖啡屋之类浪漫而又抒情的所在了，柴米油盐酱醋茶的平淡日子消磨了我太多的激情，让我在朝九晚五的日复一日里麻木地想象和透视可以预见的未来。

去的时候我特意换了件崭新的 T 恤衫，那是前不久老婆从网上为我淘来的生日礼物。尽管价格不菲，我却一直嫌它风格太过年轻化，不适合我，将它束之高阁。这次，我毫不犹豫地把它穿在了身上。

老婆一脸欣喜地打量着我，仿佛我穿上了她送的衣服就代表着爱她一样。这让我悲从中来，老婆什么都好，就是不懂文学，毫无逻辑性。

六点半的上岛咖啡屋，春意盎然，从天花板垂吊下来的一根根绿藤之间，流淌着蔡琴不疾不缓的《女人花》的歌声，高山流水的装修风格和蔡琴磁性而低沉的嗓音简直是绝配。更为精彩的是王雅真，一袭粉色长裙，幽静得如同一朵俏丽的玫瑰，盛开在咖啡屋二楼临窗的角落，自带忧郁和美丽的情调，让人怜惜。

“来得这么早？”我在她身边坐下。她把头转向我，露出浅浅的笑容和标准的八颗白牙，算是打招呼，但我分明看见，她笑容里夹杂着掩藏不住的忧伤。

我没问她什么，她也不说什么，我们就像两个木头人，有一搭没一搭地品着咖啡，却丝毫不觉得尴尬。窗外是一条马路，马路临溪，缓缓流动的溪水在两岸渐次点亮的城市灯火的辉映下，散射出粼粼波光，星星点点，把潜藏在人们心底的情感和忧伤和盘托出。

终于，她开口了：“我妈妈想我给她在夏州买套房子，我该怎么办？”她像是在问我，又像是在问自己。这种话题，我说什么都不合适，毕竟，我和她之间什么也不是。如果非要说是什么的话，最好的解释是同为小说爱好者。既然如此，还是说说小说吧。

“有个问题我一直想问。”我试着开口打破沉默，“什么是小说不明不白的结尾？”

说到小说，她的话匣子总算打开了。

“文章看多了，写多了，特别是小说，便自个儿揣摩出一套上不了台面的逻辑来，其中一条便是结尾要含蓄。所有小说的结尾无外乎两类，一类是明明白白，封闭式的；另一类则是不明不白，开放性的。明明白白很好理解，不明不白就有些费思量了，其实，不明不白恰好是优秀小说的必备表情包。举个例子，崔永元曾经在《杂文选刊》上发表过一篇半叙半议的文章，题目是《那些歌声洋溢的日子》，里面回忆自己上学时出演部队指导员的故事颇为有趣。在这个名为《野营路上》的歌舞剧中，崔永元扮演部队指导员。故事并不复杂，解放军野营拉练，战士们供水不足口渴了，恰好路过老乡的甜瓜地，有人提议花钱买瓜，扮演指导员的崔永元谆谆教诲：打锦州时我军住苹果园而不吃苹果，今朝我们路过瓜地也绝不吃瓜。这一幕被老乡看见，老爷爷摘了两筐瓜率孙子、孙女一路追将上来，群众非让吃不可，子弟兵就不吃，于是出现了一幕感人的场面。戏的结尾是高潮，老大爷说吃吧，战士说不能吃，相互推让了几个来回，僵持不下。”说到这里，她突然顿住。

“如果是你，你会怎么给这个故事续一个结尾？”她抛出了第一个问题。

“如果是我，我会这样结尾：指导员告诉老乡，部队有纪律，不能拿群众的一针一线！然后老爷爷赞许地对解放军竖起了大拇指。”

“太俗了！”她直接给了差评，“换一个结尾试试看？”

“那就这样吧：指导员接过一个甜瓜，吃了一口，然后传给其他战士，一人一口，轮流吃完，最后打欠条给老乡，署名解放军。”

“这个结尾比第一个要好，起码比较符合实际一些，但还不够含蓄。”

“那你说怎么含蓄？”我好奇地问。

见我有些着急，她不再卖关子：“戏是这样结尾的，僵持不下时，指导员迈上了一个台阶：同志们，让我们一起唱支歌吧。于是，崔永元扮演的指导员指挥，歌声起。歌声中，戏结束了。”

我必须承认，这样的结尾似乎比我编造的两个结尾都要好。

“窃以为，这样的结尾真的相当不赖。战士到底吃没吃瓜，不仅欣赏歌舞剧的人想知道，就连演戏的崔永元也为此魂牵梦绕，你知道演完戏，崔永元说了什么吗？”她发表完个人看法，突然收口问。

“这我哪里知道？”我摇头。

“崔永元说：一直到傍晚入睡时，我还在想，那瓜到底吃没吃呢？”她俏皮地模仿崔永元，别说，还真有那么一点儿老崔的神韵。

我不禁哑然失笑，这故事的确有趣，而且结尾很有艺术性，在她眼里，甚至还变成了一堂优质的写作技巧课，真不简单哩。博览群书的同时，还有自己独特的思考，让人佩服。

“厉害！”我对她竖起了大拇指。

“其实你的小说写得挺好，最大的问题就在结尾太明白了，读者没了遐想的空间，或者说故事没了悬念，小说的整体效果自然就打了折扣。”我不得不承认，她说的是对的。其实，她在讲故事的时候我就已经有了共鸣，只是没想到，我在小说创作上的问题竟然在她这里找到了如此完美的答案。

我想，我叫她一声“王老师”是完全有必要的。

“我还是称呼你王老师吧，在写作上，你完全可以当我的老师了。”我谦虚地表达着自己内心的真实感受，她却笑得前仰后合：“有我这么年轻的老师吗？有你这么年老的学生吗？再说了，你也姓王，叫我王老师是不是有些奇怪？”

想想也是，我也跟着傻笑起来，空气中满是愉快和欢唱。只可惜，这样的氛围最后还是让一个电话给终结了。

这次接电话的是我，老婆来电：“这么晚了，怎么还不回来？宝宝在喊爸爸呢。”

我向王雅真道别：“王老师再见！”

王雅真接话：“王同学再见！”

记忆里，那是我多年来过得最愉快的一个小周末。

如果我和王雅真之间的故事按照这个模式发展下去，我觉得，我的生活中也许会多一位漂亮的文友，弄不好还是红颜知己。遗憾的是，生活远比小说来得精彩，故事的发展也从来不以人的意志为转移。

我和她之间，无疑是心有灵犀的。除了小说之外，其他方面亦如此。比如说她只和我提了一句的房子，就像西瓜上扎着一把刀，我切切实实记在了心上。尽管我们之间没有太多的微信交流，但是我们很有可能都步调一致地认为，太多的交流并不意味着彼此心隔得很近。就如一句俗语所言：朋友是那样一种人，并不时常见面，心却始终挂念。

是的，房子，当她第二次向我说她妈妈希望在夏州买套八十平方米左右的房子时，我开玩笑似的打断了她：“不如我把房子卖给你吧？！”虽然我是开玩笑的口吻，但我相信，一旦她也开玩笑地回说“好”，我是会坚决付诸行动的。理由有四：第一，我和老婆本来就有一套住房，之所以买第二套，主要是想将那笔沉睡的公积金激活，因此，我并不缺房；第二，谁也没想到一万二的高位进去，现在竟然疯涨到快两万，如果此时卖掉，就是稳赚一笔，谁能保证房价还会涨？谁又能保证市场不会跌？第三，尼格买提主持的《开门大吉》节目告诉我，见好就收不仅是一条人生哲理，就当下而言，也是一个相当不错的选择，否则，我那并不缺钱的哥们儿也不会把房子卖掉；第四，也是最重要的一点，她有需要，而且，这个需要以孝心为基础，感天动地，可歌可泣，无懈可击。

她没有开玩笑说“好”，只是默默地盯着我老半天，眼眶微微泛红，幽幽地说：“谢谢！”其实，这两种回答没有什么太大的差别，我听出了她的言下之意，同时也听出了她喉咙口里涌动的感激。顿时，如同做了一件天大的好事，浑身轻松，而且满足。

一套一百多万的房子，就一句玩笑话，再加上“谢谢”两个字，我们之间便这样敲定了。参考市场价格，我们以两万元一平方米的价格成交，在总价的基础上，我另外优惠了一万给她，美其名曰：“将零头去掉，凑个整数。”由于我的房产证没有办下来，彼此之间只能暂时签订预购协议。协议签订后，她将首付款按协议要求转给了我，同时送我四个字：“文人厚道！”

我则憨憨地笑着回说：“缘分！”

两个月后，我的房产证终于办下来，按照协议，我们可以去政务中心办理房产过户手续了。

我清楚地记得，办手续之前，她先打了个电话给我，说房产手续会办到她老公名下，请我理解。我说不要紧，谁的名下不重要。不过我还是追问了一句：“房子不是买给你妈妈的吗？”她答：“老人家不好贷款。”我也就不便再说什么了，毕竟，写给谁那是他们的家事。最后，她不经意地补充了一句：“我老公性格很内向，有什么疑问和我说。”我不觉得我和她老公之间有对话的必要，再说了，头一次见面，哪来什么疑问，不过是卖套房子过个户而已！回答“好”的同时，我觉得她多虑了。

不过，也正是因为有她提前给我打了预防针，在过户手续办理期间，我和她那位肥头大耳的老公之间几乎是零交流，甚至连点头寒暄也免了，只剩下沙沙的签字声音，相互之间视对方如空气。好处是，没有一点儿尴尬。

过完户，我陪他们马不停蹄地赶往银行办按揭，这是最后一步了。银行人员似乎和王雅真关系很熟，按揭办理得很顺利，当所有手续办完，我知道，我和王雅真之间的房屋买卖合同已经彻底履行完毕。剩下的，就是等时间一到，银行将他们所贷的款项打进我的账户，仅此而已。

从银行出来，我说要请他们吃个饭。王雅真礼貌地回绝了，说做东的怎么也轮不到我，只是今天还有要事，改日约我。我很满意这个回答，这意味着就算是我们之间的房屋买卖合同彻底履行完了，我们之间心照不宣的友谊和心有灵犀的文学交流还会持续下去。

一个月后，将近一百万的流水打进了我的账户。至此，我完整地将自己的房子卖给了王雅真。或者说，我帮了她一个忙，圆了她母亲在夏州拥有一套房的愿望，尽管这个忙帮得有些牵强。

奇怪的是，自从这笔交易完成后，我们之间的交流似乎停滞了。即便是我主动嘘寒问暖，那边要么不回，回也是表情居多，要么回了，时间滞后不说，大多仅三言两语。这让我很困惑，因为事情总是透着些许诡异，我总觉得哪个地方不大对劲，但又不知道问题究竟出在哪里。

有时候晚上睡觉，我会怀疑我到底有没有遇到过王雅真，到底有没有把房子卖给她。可是，一打开短信记录，一百多万的余额分明就躺在我的账户里，真是邪气！问题到底出在哪儿呢？真是的，想破脑袋也没用，不如问周公去。

要是事情就此打住，我也就不会写这篇文章了，逼我不得不写的是因为三个月后菜市场的一次偶遇——说到这里，你肯定以为我在菜市场遇到了王雅真。

你错了——我遇到了她老公，也就是那位肥头大耳的男人。

这次，我主动和他打起了招呼：“哟，兄弟，买菜呢？”

他显然忘记了我是谁，一脸茫然地看着我。

“你不是王雅真的老公吗？怎么，不记得我了，是我把房子卖给你们的啊！荣信小镇的房子。”可能是“王雅真”几个字起了作用，也许是荣信小镇，总之，迟疑片刻之后，他一副恍然大悟的样子：“哦，我想起来了，上次买房我们在一起来着。不过，我并不是王雅真的老公，你弄错了。”

闻听此言，我大吃一惊，预感自己距离事情的真相越来越近了，一时之间，竟然紧张和激动得不能自已，连声音都有些发抖：“那，那，你们之间是什么关系？”

“什么关系？我买房她卖房啊！不就是买主和卖主的关系吗？”他仿佛对我的问题感到莫名其妙。

“什么？她卖房？卖什么房？”

“荣信的房子啊！你卖给她，她转手给我，就这么简单嘛！”男子见我穷追不舍，有些厌烦，提着大袋小袋欲离开。

我粗鲁地拦住他，“兄弟，我再问最后一个问题：你从她手上买房，单价多少？”

“两万三！”他的话声音不大，却如晴空霹雳，直接将我劈成两半，左半脑和右半脑的短暂分离让我如同泥塑般呆立原地。

我不知道这个肥胖的男人是什么时候离开的，更不知道我是如何把自己从菜市场拖回家的，但我清楚地知道，一平方米贵三千，八十平方米就是二十四万！不过两个月的时间，不！也许就是一天的时间，她，王雅真，就从我的手里赚走二十四万。不！加上我优惠的一万，整整掠走二十五万。而我，显得那么心甘情愿，义无反顾。

这简直惨无人道！

我的心持续不断地在滴血，我觉得我快死去了。在死去之前，我躺在床上，给王雅真发了一条微信，内容是："我，一平方米两万，他，一平方米两万三。"

这一次，她倒是很快就回了微信："写小说结尾不能太明白，上次教过你了，你偏不听。"

我骂："小说等于生活吗？"

过了一会儿，她又发来一条微信，内容是："也好，可能你已经学会写小说了。"

之后，她再也没有来过微信。

而我的第一篇小说，几个月后终于发表在《夏州文学》杂志上。而且是头条，附创作谈，创作谈的题目是《世间本没那么多巧合，不过是写作者刻意制造的罢了》。

不过，那都是后话了。

（刊发于2018年第1期《同安文艺》）

离开故乡的时候

那天，我和哥哥正在树荫下休息，不远处，母亲头上扎着蓝色的头巾，和大多数农村妇女一样，在田里忙着。一到农忙，母亲就会用两个箩筐挑着我和哥哥去田地，如今想来，我们和两筐货物没什么区别，因为一晾便是一个上午，我们仿佛被母亲遗忘。哥哥比我重，母亲挑我们时，我的箩筐外边上便另挂了一个茶壶，如此一来，两边就自然平衡了。有一段时间，我固执地以为，我和哥哥的差距就是那只茶壶。到了田埂，母亲将我俩放下，同时放下那个已经晃荡出不少茶水的茶壶，那是一个四嘴陶罐茶壶，每个嘴上倒扣着一个搪瓷杯。母亲取下一只杯子，左手将茶壶一倾，混浊的茶水便咕咕地从壶嘴灌到右手拿着的茶杯里，再一仰脖，一杯茶水便滚进了喉咙。一抹嘴，抄起镰刀，母亲便风风火火下地了。剩下的时光便听任蓝天白云和小鸟陪我们哥儿俩共度，那种时光我和哥哥都已经习以为常。

那时，我听到一个妇女激动地大声喊：“桂花，你男人回来了！”哥哥也听到了，我们一起抬起头，向母亲看过去。母亲的名字就叫桂花，她这是在喊母亲呢。尽管隔着一段距离，我还是清楚地看到，母亲头上的蓝头巾猛烈地飘动了一下，仿佛平地里刮起一阵风，将那头巾吹飘起来。母亲直起身，痴痴地看着村口那条土路，镰刀已经不知何时从手里溜到了地上。只见她摘掉挂在裤带上的毛巾，先是猛烈地擦了几把脸，然后拿毛巾用力地往全身拍打着，紧接着，便颤颤巍巍地朝土路奔去。田埂太窄，好几次，母亲差点儿摔倒，我和哥哥吃惊地瞧着，不知道发生了什么事。

那个上午注定不同寻常，就像是有个刀片卡进了时间的河流里，将河流一分为二，前部分是阴暗的颜色，而后部分则闪闪发亮。若干年后读到白乐天“一道残阳铺水中，半江瑟瑟半江红”的诗句时，我脑海里便会闪过那个刀片，锋利的闪着白光的刀片。

靠近农田的村路上站着一位军人，身穿绿色的军装，头上戴着帽子，帽檐上红色的五角星红得不真实，就和他自己不真实地出现一样。那人个子不高，腰板却挺得笔直，和腰板一样笔直的还有看向母亲的目光。阳光下，那目光里竟然反射出亮晶晶的光芒，如同眼窝里置了两片碎镜子玻璃。

那人便是我的父亲。在我的记忆里，关于他的影像是模模糊糊的，就像几粒芝麻掉进了沙堆，难以寻找，更让人无奈的是，这是几粒白芝麻。父亲一把抱住了奔过来的母亲，不仅如此，他还抱着母亲转起圈来。母亲的手勾着父亲的脖子，身体和腿则在空中飞舞，瞬间变成了一个孩子。就像我曾经将手勾在母亲脖子上，母亲抱着我转圈一样。这个联想让我对突然出现的男人有些愤恨，尽管他是一名解放军，但我不怕。六岁的我用尽全力冲了过去，想要在阳光下将他们分开。

“快放下妈妈！”我怒火中烧，使劲地扯着父亲的衣角。

父亲见到我，愣了一下，把母亲放下了。我品尝到了胜利的滋味，迅速地挤到他们中间，再次威严地怒喝：

“你是谁？”

母亲想要替父亲作答，却被父亲用手势和气势制止了。这个一身醒目军装的男人仿佛是被我激怒了，转而目光炯炯地看着我，一声不吭。突然，他蹲了下来，敏捷地伸出双手，想要把我抱在怀里，我却早先一步闪到一旁，同时大声喊：

“想要抱我，没门！”

抱了个空的父亲哈哈大笑起来，笑得我莫名其妙。笑停了，眼泪顺着他的眼角流了下来。

“快叫爸爸！”母亲见我躲到一旁，又见父亲流泪，脸乌了下来，生气地训斥道。我这才知道，眼前这个胡子拉碴的男人就是我的爸爸。我的愤怒在听到“爸爸”二字的时候瞬间释放了一大半，但我依然寸土不让地僵着，至少在表面上如此，包括自己的表情——别人的爸爸天天在身边，我的爸爸为什么现在才出现？

此时，哥哥已经气喘吁吁地跑了过来，这个大我两岁的兄长显然不像我那么懵懂无知，他看了看堆放在父亲脚边的硕大手提包，咽了咽口水，然后冲着父亲大声地喊爸爸。紧接着，奇迹出现了，从那个黄色的帆布提包里，父亲变戏法似的掏出一只苹果，递给了哥哥，这让我羡慕不已。那个年代，我以为，只有地窖里存放的甘蔗和田地里挖出的荸荠才是水果，没想到，水果也可以长成这样。绿油油的，水灵灵的，漂亮又美丽，散发着高贵的气息，引得我口水不争气地淌出了嘴角。

父亲显然看见了我嘴角溢出的涎水，他分明就一直在观察我的反应。连擦都不擦，哥哥对着苹果直接咬了一口，腮帮子鼓起的同时我看见那只苹果立马陷下去一大块，缺口处有清晰的牙印和一点点血丝，我的喉咙不由自主地滚动了一下。

当父亲再变出一只苹果，用手举在我眼前时，我已经知道该如何做了。我响亮地喊了一声爸爸，瞬间，母亲眉头舒展开来，像揉皱的卫生纸，一吸水，皱纹便全消失了。就在我接过苹果开啃的同时，父亲一把抱起了我，嘴巴在我脸上胡乱地亲着蹭着，我感受到了父亲脸上坚硬密集的胡楂儿，和一股浓浓的烟味。从此，父亲的形象在我心里变得明亮起来。

其实，那只苹果我仅仅咬了一口便停了下来。村里人讲我比哥哥聪明，大约是有道理的，至少，从对待那只苹果的态度上，我的聪明劲儿彻底体现了出来。

在父亲没出现之前，我和哥哥饱受村里小孩欺负，开始的时候我以为这和我的姓氏有关。全村不到一百户人家，绝大部分姓易，唯独我家姓兰，当然，还有几户他姓，但那几户人家的孩子都已经长大成人，纵使想欺负，易家晚辈也不敢，自然，欺负我们成了这些大孩子的最佳选择。每次受欺负，我都会怪自己的姓不好，人家姓易，活得容易，我姓兰，自然活得艰难。这话是那些大孩子说的，一开始我还顶嘴，后来也就默认了。因为就算是我和哥哥能争吵赢，但他们人多，齐刷刷地众口一词，我和哥哥便不得不败下阵来。幼时的我便已经能够模模糊糊地悟出一个道理：人多不仅力量大，而且说话也能算话。直到后来才渐渐明白，我和哥哥之所以受欺负，主要是因为爸爸不在身边。

那天晚上，父母亲一起到相邻的几户邻居家串门，这本没有我什么事，但我倔强地跟在他们身后，像条跟屁虫。在刚开始的几户人家里，我表现得中规中矩，两只手抄在上衣口袋里，一声也不吭。看着大人一起寒暄，面无表情，心里却激动得要命，因为距离最后一户人家越来越近了，而那户人家的孩子叫易凯——那是易姓人家里的孩子王，他干什么事都会凯旋，就像他的名字一样。

好了，父母终于和这户邻居告别，他们并排走在弥漫着猪牛粪和庄稼气味的混合空气里，全然忘记了我在身后。更不会想到，黑黢黢的夜里，我的眼中闪着狡黠的精光。

易凯在家看到我们的那一刹那，他先是惊愕，这大约源于一身军装的父亲，然后，依然回归到一贯的高傲。然而，可怜的高傲只在脸上持续了不到一秒钟，便消失得无影无踪。因为此时，我掏出了在口袋里窝了快大半天的那只苹果，我口袋里沉积的沙尘和污垢已经将苹果的缺口弄得脏兮兮的。我聪明地把缺口对着手心，易凯看到的是一只完整的苹果在我手中，我大声地吃着，夸张地把苹果的美味尽可能地通过我绽开笑容的脸展现出来。我一边吃，一边拿眼觑易凯，尽管他只微微地咂了一下嘴，但这个不起眼的细节还是被我敏锐地捕捉到了。十五瓦的昏暗灯光里，他的脸色和灯光一样，昏暗无比。

易凯成长为花果山的山大王我认为不是偶然的，他争强好胜的性格让一切成为一种必然，就像一个人必然长大一样，顺理成章。印象中有几件事让他争强好胜的性格体现得淋漓尽致。

那时春节，村里时兴放一种两千响的鞭炮。这种鞭炮和普通鞭炮的最大不同是密集细小的瘦炮仗中间，隔一段便会镶一颗又大又粗的胖炮仗，和镇上鞭炮店单独售卖的春雷差不多，在我们幼小的眼里，那简直是镶着的钻石。小孩子们买不起春雷，好不容易亲戚给了点儿压岁钱，压在手里还没捂热，客人一走，便被父母连哄带喝地收了回去。如此一来，我们便打起了那些大炮仗的主意，趁着大人将鞭炮铺开的时候，偷偷将几粒大炮仗卸下来，藏在口袋里，等着时机一到，和村里的孩子一起聚到戏台前，轮流燃放。巨大的爆炸声响让人心惊肉跳，为我们带来新鲜而又兴奋的刺激。然而，不是每个男孩子都敢燃放大炮仗的，至少，我和哥哥不敢。

其实，哥哥是敢的。有一次，哥哥想方设法弄了一枚，偷偷拉我朝晒谷场奔，巨大的爆竹声正从那里传来，隐约间还有孩子们的尖叫。等到大家都放完了手中的炮仗，失望地转身准备离去时，哥哥掏出了攥在手心的炮仗。如同蓄满水的洗衣槽一下子抽掉了地漏盖子，小伙伴们呼啦啦地水一样涌向哥哥，哥哥别提多得意了。

哥哥拿手当扫帚快速地把一小块土地抹平整，小心翼翼地把炮仗立在中间，然后用浮土围着炮仗底部培了一圈，这才拍拍双手，骄傲地说：

“谁有火？”

可惜没人递上火柴。如果是易凯这么说，估计早就有人毕恭毕敬地将火柴双手奉上了。等了半晌，见没人发话，哥哥指挥我：

“去，回家弄包火柴来。”

哥哥的命令我不敢不听，为了衬托他的威严，我以最快的速度往家里冲刺，其间，我还摔了一跤，把过年的新衣服弄脏了。一见我浑身脏兮兮地跑回来，母亲火了，问我怎么回事，我不敢答，咬着嘴唇快速地绕着她穿过堂屋，跑到厨房的灶台前——火柴就放在火膛上方的烟囱边上。还没等我伸手去拿火柴，母亲已经一把抢了过去。

“拿火柴干什么？”

“哥哥，哥哥要放鞭炮！”没了火柴，我只得老实交代。

哥哥正焦急地盼望着我的火柴，哪里想到会把母亲的身影盼了过来。一见母亲提着扫把出现在视线里，哥哥落荒而逃，留下一堆看热闹的小伙伴大声哄笑。我远远地跟在母亲后面，看到哥哥慌张逃离的样子，我在心里狠狠地抽了自己几个嘴巴，恨自己嘴巴不严实，又怪自己没有完成好哥哥交代的任务，结果不仅没有让哥哥的骄傲持续下去，还落得众人哄笑。

哥哥一走，易凯站了出来。他掏出口袋里的火柴——原来这小子故意藏着火柴不拿出来，这才害得哥哥出糗。我小小的牙齿咬得咯咯作响，却也毫无办法。离开晒谷场时，我听到身后传来轰的一声巨响，那是哥哥的炮仗，可惜放的人不是他，不知怎的，我的眼泪流了下来。

就是从那时起，我明显感觉出我们和村里其他孩子的不同了。

哥哥是天摸黑的时候回来的，我和母亲已经开始吃晚饭了。我胆战心惊地捧着搪瓷碗，时不时抬头看向大门的方向，替哥哥担心，不知道他回来会遭受什么样的惩罚，全然忘了自己也是帮凶。母亲之所以没有立即责罚我，是因为要等哥哥回来后一起收拾。

终于，哥哥回来了，肯定是黑夜和饥饿把他赶回来的。他先是在大门边上探出半个脑袋，我一下子就发现了他，向他眨眼睛示意让他进来，因为母亲在吃菜的时候有意留出了一部分。而且，他的碗里早就盛好了饭，上面还整齐地搭着一双筷子，那是等待哥哥回来吃饭的讯号。可哥哥探了四五次脑袋才最终露出身体，他慢吞吞地踱到桌子边上，见母亲没反应，这才小心翼翼地拿起碗筷，试着吃了两口，见依然没问题，终于大口大口地扒起饭来。

哥哥总算把饭吃完了。当他把空空的饭碗往桌上一放时，我悬着的一颗心也终于放了下来。我和哥哥几乎是同时起身收拾碗筷，这个时候，多干点事总会让我们更心安一些。也许，看在我们积极做家务的份上，母亲会免去对我们的责罚。

我以为哥哥真的已经逃过责罚了，在我和哥哥躺进被窝里的那一刻，我是这么想的。可是，我听到了母亲的脚步声，她径直走进了房间，咔嚓一声，母亲拉亮了电灯，一声不吭地站在床边。我小心地眯着眼看了看母亲，灯光在她背后异常刺眼，而她自己的脸却模模糊糊地漆黑一团，我乖乖地坐了起来。身旁的哥哥假装睡着了，做作的鼾声里藏着些许担忧，可他毕竟沉不住气，不过一分钟，便和我一样，自己老老实实地坐了起来。

我们等着母亲的训斥。在父母两地分居的年月里，母亲既当父亲又当母亲，她有母亲的慈爱、善良和温柔，同样有父亲的严厉、正直和刚强。母亲没有斥责我们，见我们都自觉地坐了起来，她也在床边坐下，问：

“你们知道常到村里讨饭的那个乞丐为什么只有一只眼睛吗？”

我和哥哥面面相觑，不知道母亲要说什么。

“因为另一只被鞭炮炸掉了。”母亲轻声说。

我和哥哥吓了一跳，仿佛有个巨大的鞭炮突然在耳畔炸响——这事我们还是第一次听说。一想起独眼乞丐的骇人模样，我心里直发毛。难怪母亲不让我们动鞭炮，就算是除夕夜里放鞭炮，她都是亲自去点，而且叫我们离得远远的，原来是这样。这么一想，我突然间明白了母亲的良苦用心，同时心里庆幸，幸亏哥哥没点那个大炮仗，不然，真出个什么事，哥哥倒霉，我也难受。

“妈妈希望你们都好好的。”说完这句，母亲站了起来，走出房间。

过了片刻，她又返了回来，手里多了一把木尺。“本来不想惩罚你们的，想了想，还是要让你们长点儿记性。”母亲说着，叫我们伸出手掌。我和哥哥直直地把右手伸了出来，掌心向上，一动不动，等着木尺的教训。母亲将我和哥哥的一只手按了下来，用木尺狠狠地在我们伸出的掌心上各敲了一下，我和哥哥听到了啪啪啪的三声脆响。第三声是母亲抽打自己手掌发出的——她同时也责罚了她自己。

还有一次，也是腊月里的事，天气格外寒冷，村里唯一的池塘结满了冰。用小石子一扔，小石子如同穿了溜冰鞋，能直接从冰面滑到对面，有的甚至还反弹了回来，这是不多见的——大部分冬天，那口池塘的正中央总会有一小块没有结冰的区域，往外冒着寒气，显示它还没有完全被冰冻。只能说，那个冬天太冷了。村里的孩子们聚集到池塘边，玩着往年玩过的游戏——丢石子。这个没有任何危险的游戏只开展了不到一刻钟便无法继续了，因为池塘边上能找到的小石子或者瓦片早已经全部被我们扔到了冰面上。

是的，岸边根本找不到小石子或者瓦片了，但冰面上到处都是，这让我们沮丧，就在我们要离开的当口，易凯做出了一个惊人的举动。只见他慢慢踏着冰面往前走，两手张得开开的，像一只展翅欲飞的大鹏。走到最近的小石子面前，他弯下了腰，拾起了小石子。然后，缓慢地转身，屏息敛气地走回了岸边。当他的双脚都踏上地面的时候，几乎所有的小伙伴都自发地鼓起掌来，我们被他这英雄一般的行为震撼到了。是的，那一刻，在我们心中，易凯就是英雄，哪怕他得到的仅仅是那么一枚小小的石子，在我们看来，那不啻一枚金光闪闪的奖章。

易凯的行为产生了不可思议的示范效应，大家重新变得兴奋起来，像易凯一样，张开双臂，笨拙地飞向一个个靠近岸边却躺在冰面上的小石子。几乎所有的男孩子都参与了进来，一个接一个，我和哥哥也不例外，毕竟，连唯一的女生小莲也在尝试呢。尽管她最终因为害怕提前回到了岸边，但我们都没有嘲笑她，相反，如果我们不能从冰面上捡回一枚石子，我们自己都会嘲笑自己。

很快，大家轮流捡了一遍，都很顺利地从冰面上捡回了小石子，接受其他人胜利的欢呼之后，再神气活现地将小石子用力地甩回冰面。我甚至因为用力过猛，导致肩关节脱臼一般难受，但我咬着牙忍着，努力控制住眼泪不要流出来，和大家一起嘻嘻哈哈，作为遮掩。可是，新的问题很快又出现了：即使是离岸边最近的小石子，也已经在四五米开外了。谁都知道，越靠近岸边冰面越厚，反之则越薄，那就意味着在冰面上走得越远，越有可能掉进池塘。事情仿佛又回到了起点，大家纷纷把目光再次对准了易凯。

我敢确定，易凯的眼里出现了一丝犹豫，不然他不会在望了望冰面之后，又转过身望了望围聚在他周围的伙伴们。当然，最终他没有让我们失望——他用牙齿咬了咬下嘴唇，便开始脱衣服了。其实，正是他那一丝犹豫打动了我，这说明他也像我们一样害怕，但最终他将害怕放下了，就像他将衣服放下一样。而我们所有的其他人，仍将害怕紧紧地抱在怀里。

我们都以为他脱外套是为了给自己壮胆，于是，所有的小伙伴们开始集体鼓掌给他壮胆。当大家的掌声响得最热烈的时候，他知道自己已经没有退路了。他像领导人一样双手在空中做了一个按压的动作，示意我们停止鼓掌——因为他要开始行动了。这一次，他双手张得更开了，但步伐却收紧了不少，每次都是小心翼翼地往前试探一小步，着力了，这才继续，连呼吸都像冰面上雾气一样稀薄，仿佛呼吸厚重了，冰面无法承受。说实话，我比他还紧张，特别是他靠近小石子的时候，我耳朵里甚至出现了冰面裂开的声音，谢天谢地，那只是我的担心和幻觉。易凯安全返回了，尽管他转身离开冰面的时候，冰面出现了一条裂缝，但至少他安全回到了岸边，手里举着那颗小石子。

面对大家的再次欢呼，易凯却平静地说："好了，玩得也累了，大家回去吃饭吧！"众人如释重负，易凯总是能在第一时间做出大家最期待的决定。如果这个游戏再继续下去，下一个捡拾小石子的人很有可能会踏破冰面，掉进寒冷的池塘里。

易凯就这样成了村里孩子们眼中的"拐子"，在老家的方言里，"拐子"就是老大的意思。

以往春节的时候，我们总会从父母的床垫底下找到一把小小的铜钥匙，再架上椅子，用那把黄澄澄的钥匙打开家里放置在衣柜上的零食箱，偷偷抓一小把由瓜子花生和炒薯片等混杂而成的食物，那是家里整个春节期间唯一上锁的东西。之所以上锁，是因为太少，其实，所有的零食母亲都没有花钱买，花生和薯片全部是自家地里生产的产品，只有瓜子有些不同，准确地说，那其实是南瓜子。每次吃南瓜，母亲总会将南瓜瓤里的瓜子片收集起来，洗净之后晾晒，日积月累便也积少成多，腊月里放在锅里一炒便成了春节时我们口中美味的食品。

我和哥哥偷抓的零食只有一半进入了我们的嘴巴，另外一半，我们心甘情愿地奉送给了易凯。不只是我们两个，村里其他的小伙伴大多如此，谁也没有怨言，就像臣民奉送礼物给君主，一切自然而然。然而，那个春节，村里的玩伴们竟然把不多的零食送给了我和哥哥，这让我们吃惊不已。更令人意外的是，一天，我们正在稻场的草垛子边玩耍时，易凯将双手伸进了稻草垛子里，笑嘻嘻地说："我觉得里面应该有鸡蛋。"没有人怀疑他，他经常从草垛子里掏出过鸡蛋。

然而，他的脸上很快现出狐疑的神色，眉头直皱，这让我们围观的人感到紧张——不会是掏到老鼠了吧，如果是那样的话就太骇人了。易凯缓缓地将交叉紧握的双手拖了出来，奇怪的是手掌始终不摊开，仿佛里面有鬼，一摊开便会变成空气跑掉一样。

“太奇怪了，刚才我摸到的明明是鸡蛋，现在却变成别的东西了。”易凯仿佛是自言自语，又仿佛是对我们说，“大家倒数五个数，看看还会变成什么？”

“五！四！三！二！一！”大家齐声哄喊起来，“一”的余音未了，易凯猛地摊开双手，神奇的事情发生了：一小把硬纸糖温柔地躺在他的手窝里。我们睁大眼数了数，足足有六颗，这太让人吃惊了。要知道，一颗硬纸糖要一分钱啊，这六颗糖意味着半张一毛没了。

“送给你们的！”易凯对我和哥哥说。我和哥哥的口水还没来得及咽下，便被他的话惊得目瞪口呆，愣在那里不知道是接还是不接，任由手僵硬地停在空中。口水于是倒流出来，显眼地挂在嘴角，像冬天雨后屋檐挂着的冰凌子。最后还是易凯将糖一把塞进了哥哥的手里，然后潇洒地吹了个口哨，带着大家离去，留下我和哥哥伴着空荡荡的稻场发蒙。

父亲在家过的那个春节是我在村里过的最后一个春节，也是最快乐的一个春节。那个春节，我和哥哥突然变成了村里小伙伴们敬奉的对象，这对我和哥哥来说是不可想象的事。事实上，一切都是因为父亲。后来我才明白，为什么父亲过年时会挨家挨户去拜年，而且异常大方，其实，父亲是在向乡亲们告别。因为那一年，父亲的转业报告批下来了，只是我和哥哥不知道究竟发生了什么事罢了。

所有的小伙伴都意识到我和哥哥终将离开那个群山环绕的村子，于是，那些曾经的疏离和捉弄变得毫无意义，反而成了他们继续留在村里的打击。易凯吹着口哨带领大家离开时，让我惊愕的不只是硬纸糖，还有他们离开时稍显失落的样子，就像以往的优越感变成空气消失掉了一样。我渐渐懵懂地感受到，离开乡村是让他们嫉妒和羡慕的事，但我在兴奋中掺杂了些许淡淡的忧伤。

正月的最后一天，我们离开了那个生我养我的乡村。从此，我再也没有见过易凯。

（刊发于2018年第6期《厦门文学》）

孙小文的大梦想

孙小文静静地坐在门前的地垫上。坐了好久了，把天都坐黑了。放学路上西沉的太阳涨红着脸，把小文的脸也映红了。他磨磨蹭蹭地走到家门口，夕阳早就躺到山的另一头睡觉去了，小文脸上的红色却依旧没有消退，仿佛印染上去了一般。

小文有心事。

上午英语考试的成绩估计曼老师已经发在六一班的家长微信群里了。

刚来的英语老师姓曼，这实在是一个奇怪的姓，小文之前从未听说过。小文觉得，要是给这个“曼”字加个竖心旁就好了，如此一来，“慢老师”也许就不会火急火燎地非要下午改试卷了。下午第一节课刚下，同学们一窝蜂地奔向厕所，小文却跑向了教师办公室，他憋着尿只为搞清楚一件事——曼老师在干吗。偌大的办公室里，别的老师都在说笑谈天，唯独曼老师一本正经地低头改着考卷。唉，连周末都不让人好过，什么人嘛！

一考完试，小文就在心里喊了一句“完犊子了”——题目都没看完，更别说做完了。就算是看完，小文也搞不明白有些内容究竟是什么意思——好多单词小文压根儿就不认识。趁着曼老师收试卷的当口，小文胡乱地勾了几个选项。卷子交了，小文一边对着黑板鞠躬，一边在心里默念了好几句“阿米豆腐”。

隔着一扇门，小文听到了铲子与铁锅发出的欢快的锵锵声，看来妈妈正在厨房里忙活。她肯定是一边炒菜，一边用手划拉着手机屏幕，她是个手机控，哪怕炒个菜也要腾出一只手操弄手机，生怕漏掉了什么重要信息，仿佛离开了手机菜炒不熟似的。此刻，她的眉头必定狠狠地打了一个硕大的愤怒结，如果这个时候进去，那柄菜铲说不定会举在小文头顶，小文下意识地用手护住头。爸爸大约坐在沙发上看着报纸，别看报纸不伤人，但是揉成纸团的话就是可怕的武器了。有一次，小文考了个倒数第一，回到家时爸爸也是在看报纸，没见小文还好，一看见小文进来，面色一沉，二话不说将报纸揉成团直接朝小文脑袋砸了过来。小文头一偏，纸团砸在玄关上，击中了台历，台历像中弹的士兵一样砰地掉在地上，直挺挺地死去。

铲子与铁锅的声响不知何时停了下来，大约菜都炒好了，应该也端上桌了，小文闻到一股菜香从门缝里飘了出来。吸吸鼻子闻了闻，小文能够确定，这是蒜苗炒肉的香味，看来妈妈又要失望了——蒜苗炒肉可是小文的最爱啊，她一定以为这次小文考得不错要犒劳他呢，谁叫他考前信誓旦旦地跟妈妈保证这次一定考 80 分以上呢。

小文在黑暗里流下了两行清泪。突然，他听到了大门把手转动的声响，随即，头顶上的楼道灯瞬间就亮了，仿佛是接到命令似的。小文吓了一跳，赶紧拿袖子抹眼眶。手刚放下，门开了，妈妈诧异地看着小文。小文不敢抬眼看妈妈，低着脑袋挤进了屋。

爸爸并不在家，小文不那么慌了。发现妈妈一直盯着自己的脸，小文赶紧解释，刚才上楼梯的时候不小心摔了一跤，疼得眼泪都出来了，这才坐在门口休息了一会儿。妈妈将信将疑地还想问什么，小文赶紧指着桌上的蒜苗炒肉说："哇，妈妈又做了我最爱吃的菜耶！"说着，手已经探了出去，抓起一片肉放进嘴里。"你这孩子，还没洗手呢！"妈妈嗔怪着。小文做了个鬼脸，笑着往洗手间跑去。看来，曼老师还没有把考试成绩挂在家长微信群里。

蒜苗炒肉的味道好极了，可是小文却吃得心不在焉。他在回想妈妈开门时的情景，他急需把某些灵光乍现的记忆碎片捡拾回来，然后拼凑成一个完整有用的灵感，他觉得冥冥之中似乎有什么奇异的东西在等待着他去回忆。嗯，妈妈转动门把手，咔嚓一声，然后，楼道灯唰的一下亮了，是这么回事。"楼道灯唰的一下亮了。"小文喃喃自语。突然，他觉得有一道光在脑海里闪了一下，像黑暗里照相机的闪光灯闪了一下，然后不由自主地怔住了，等到他缓过神来，他明白了他极力想要找寻的是什么了。要是能有个开关，轻轻一摁，所有课本上的知识瞬间都出现在眼前，那该多好，就像楼道灯接到门把手转动声的指令瞬间亮起来一样，那样的话，自己就再也用不着为考试发愁了。这样想着，小文的嘴角咧出了笑容，仿佛自己已经拥有了这项超能力，但笑容停留的时间不长，因为问题也随之而来——开关是什么呢，它又隐藏在什么地方呢？

躺在床上的小文翻来覆去睡不着，像一条在岸上扑腾的鱼，实在扑腾累了，扑腾不动了，这才迷迷糊糊地睡去。真是日有所思夜有所梦，梦里小文竟然真的拥有了神奇的超能力，只要摁一下自己衣服上的第一粒扣子，所有躺在书本里的文字竟然马上脱离纸面，虚浮在半空。不仅如此，它们还像人一样站立了起来，仿佛接到了指令一般，在眼前像幻灯片一样一帧一帧地奔跑。小文心里想到什么，相关的内容就会立刻停下来，仿佛眼前竖着一面黑板，只有自己才看得见的黑板——这真是太神奇、太美妙了。小文刚在心里默念“李白，《望天门山》”，四句整齐排列的诗句就出现在了停住的黑板上：“天门中断楚江开，碧水东流至此回。两岸青山相对出，孤帆一片日边来。”小文不放心，又在心里默念了一首最近妈妈要他学唱的英文歌*Yesterday Once More*（《昨日重现》），所有的歌词魔术般地出现在了小黑板上。不仅如此，小文刚开始哼第一句，整首歌就自动开始唱起来，而且是卡朋特原声演唱。这，这也太、太不可思议了！小文高兴得眼泪都要奔涌出来了。

他好担心这不是真的，而是一个梦，试着轻轻咬住自己右手食指，刚一发力，疼痛感触电一般传来，睁开眼，映入眼帘的场景让小文瞬间跌入了冰谷。原来，此刻的小文正躺在自己的床上，熟悉的蚊帐罩在头顶，像巨大的冷酷现实一样罩着。唉，小文轻叹一声，旋开床头灯，细看自己的右手食指，牙印还很清晰，并未消退，如同一个人正挤眉弄眼地对着他嘲讽。

唉，如果这不是梦该有多好。唉，就算是梦，如果一直待在梦中不用醒来也行啊。洗脸的时候，小文用手拍打着自己的脸，刚开始很轻，后面越拍越重，直到脸疼得发麻这才住手，仿佛唯有如此，才能阻止自己掉进不切实际的幻想里。

周末两天时间孙小文都乖乖地待在家里，哪儿也不去，哪儿也不敢去。因为他不知道曼老师什么时候会把成绩公布出来。成绩不好是肯定的，但如果爸爸妈妈能看在他周末认真看书复习的分儿上，兴许会饶了他也不一定。胆战心惊地熬了两天，直到周日晚上踏踏实实地躺在自己的床上，孙小文悬着的一颗心才稍稍安稳下来。人一旦松弛下来了，就觉得特别疲惫，没多久，小文就进入了梦乡。奇怪的是，小文竟然做了一个和周五晚上一模一样的梦。梦刚开始的时候，小文甚至就觉得今天是周五，而不是周日。在上次梦醒的地方，他没有咬自己的手指，他明确地知道自己正在梦境里。他舍不得咬，生怕一咬，梦就醒了。

梦太像小时候在公园里坐滑梯了，唯一不同的是，只要你愿意，你就可以没有尽头地不断地朝前滑去。他梦到曼老师说县里要搞一个小学生英语演讲比赛，而他竟然报名参加了。不，是曼老师替他报的名。曼老师甚至一改往日的凶神恶煞，第一次在他身前弯下腰，温柔地对他说："我相信你一定行的！"孙小文心脏都快被吓出来了，赶紧猛摇手，一边摇一边说："我不行我不行……"曼老师的这句话比锋利的牙齿还厉害，不用咬，孙小文就滑出梦境——醒了。醒来时胸口还在剧烈起伏，手依然惯性地摇了两下才停下来，揉揉眼，往窗户看去，隔着窗帘的屋外亮堂堂的，天早就透亮了。

如果施老师没在上语文课的时候宣布一个消息的话，即使做两次同样的梦，孙小文也不会对那颗神奇的纽扣产生过多的幻想。孙小文就是这样一个人，爱做梦不假，却不痴迷于梦，现实依然是现实，他比一般的同龄人更懂得这一点。但施老师一宣布那个消息，他就知道，从那个时刻开始，一切都不同了。

施老师是班主任，在第一节课快要结束的时候，他兴奋地宣布，县里要搞一个全县范围内的小学生英语演讲比赛，获奖人员除了获得丰厚的奖品外，还将代表县里参加全市演讲比赛。如果再获奖，还将代表市里参加全省的比赛，省里再获奖的话最终可以站在北京全国比赛的现场，那时中央电视台少儿频道将全程直播比赛盛况。施老师描述一级一级获奖待遇时，几乎所有同学的嘴巴都张得大大的，像塞了一个乒乓球然后迅速取出后嘴巴还没合拢的状态，只有孙小文脸上露出错愕的神情。

难道自己有未卜先知的本领，能提前知道县里要举行小学生英语演讲比赛？这显然是不可能的事。既然不可能，那么就只有一个可能，那个梦境很有可能是在向他孙小文暗示什么，不然不可能两天做同样的一个梦啊。记得科学老师有一次上课时说过这样一句话："现在这个世界上还有很多连科学都不能解释的未解之谜。"既然这样，那个梦就有可能不是一个纯粹的梦了，极有可能是一个暗示，暗示什么呢？真的按一下衣服的第一颗纽扣眼前就能出现所思所想的各种知识吗？如果真能拥有那样的超强特异功能的话，身边所有的人一定会对他孙小文刮目相看的。

这个想法像秤砣一样盘踞在他脑海里，挥之不去。随后的三节课，孙小文都恍恍惚惚的，身体发虚，脑袋生疼，疼得要炸开一样，完全是发烧的症状，他甚至怀疑脑子还在不在自己的脑壳里。好几次，孙悟空的形象在眼前变来变去，一会儿在前，一会儿在左，一会儿在右，练习七十二变似的，孙小文一度觉得自己成了孙悟空本尊。这么一想，孙小文打了一个激灵，孙悟空也姓孙，和他是本家呢，孙悟空有七十二变，他孙小文就不能拥有哪怕一变吗？

中午放学回到家，孙小文匆匆几口就把碗里的饭扒完了，接着便闪进了自己的房间，砰的一声把门关了。妈妈喊："怎么就吃一碗？"最后一个"碗"字刚从她喉咙里跑出来，便被门关在了房门外。

小文开始寻找那枚纽扣，那枚梦境里的纽扣。

他已经记不清那枚纽扣到底是哪件衣服上的纽扣了，随着时间的流逝，那些梦境的细节也变得越来越模糊了，就像一滴水掉在了卫生纸上，很快被吸收得失去了踪迹。他把衣柜里所有的衣服全部扔在床上，他要一件一件地试，这是最笨的办法，也是最保险的办法。他按了每一件衣服的第一粒纽扣，让他沮丧的是奇迹并没有发生。他甚至又重新来了一遍，还按了衣服上的所有纽扣，让他绝望的是，别说奇迹了，就连任何的异样都没有。唯一的异样是窗外有只知了在不识趣地叫，且丝毫没有停下来的意思，让人莫名地烦躁。

下午的英语课上，曼老师再次提到了英语演讲比赛的事，她说得眉飞色舞，还说她有一个预感，自己的班上一定会有人拿到比赛的冠军，说这话的时候她还有意无意地看向孙小文。她似乎把公布上周英语测试成绩的事忘了个精光。这样也好，孙小文想，如此一来，他就不用再担心这次英语测验的事了。同时，他也就可以全心全意地思考和寻找那只神秘的纽扣了。

那只能开启神秘力量的纽扣到底缀在哪件衣服上呢？

晚上，孙小文站在床前，拿起一件件衣服反复比画。突然，他身体颤抖了一下，他想到了一个中午被他忽视的问题——按纽扣的时候那些衣服并没有穿在身上。也就是说，很有可能穿上衣服之后按下第一粒纽扣，奇迹才会在眼前徐徐展开。

果然，在孙小文穿上第九件衣服时，他就隐隐地感到了一些不同寻常。这是一件有些老旧的中山装，孙小文依稀记得这件衣服是他四年级过生日时爸爸在学校附近的服装店里为他定做的，每一粒纽扣都是定制的，上面写着“孙”字的汉语拼音“sun”。当时衣服还有些宽松，因为这两年个子猛蹿，衣服变得有些小了。穿上时，绷得紧紧的，也正因为如此，当孙小文抬头挺胸时，心脏蹦得格外快，好像随时要从胸腔里跳出去似的。

孙小文颤抖地按了一下第一粒纽扣，感觉竟像按动了一个光滑的按钮，只听见咔嚓一声响，周围的光线一下子暗下去。还没回过神来，耳边砰的一声巨响，仿佛有千万条彩带从头顶爆炸开来，像无数个敦煌壁画里的飞天女子婀娜着曼妙的身姿从天而降，强烈的光线刺激得孙小文不由自主地闭上了眼睛。孙小文的直觉反应是，仿佛有人旋了一下婚礼时迎接新郎新娘出现的礼花筒，那些女子就是礼花筒里五颜六色的细碎彩纸变的。这么一想，往日里参加各种婚礼时的场景接二连三地出现在眼前，眼前犹如竖立着一面巨大的显示屏，而那些场景就真实地呈现在显示屏上。

啊，这不是堂哥结婚时的场景吗？孙小文心里这么一想，仿佛被按下了暂停键，显示屏上的视频停了下来。孙小文忽然明白了，只要心里想的内容在哪里停下来，眼前这个只有自己才能看到的显示屏的内容就会同步停下来，这简直和梦境里的情形一模一样。为了验证到底是不是这样，孙小文立马在心里喊了一句："《渔夫的故事》。"《渔夫的故事》的全文立刻出现在了眼前的显示屏上，连彩色插图都有，一幅也没落下。

"小文，怎么还不睡觉，你把门反锁干什么？"妈妈在外面一边敲门一边问。"我已经睡下了，妈妈晚安！"孙小文赶紧脱下中山装，钻进了被窝。中山装刚一脱下，眼前的显示屏立刻消失了，白天鹅变回了丑小鸭，房间又回到了先前的模样。

整个晚上，孙小文一个梦也没做。而且自那以后，每个晚上都没有梦，他已经实现了人生的一个巨大梦想，那些无关紧要的小梦便自然而然地退却了，消失了。没有梦境干扰的睡眠是实实在在的，早晨起床时孙小文气势恢宏地拉开窗帘，像拉开了自己人生的幸福大幕。然后打开窗户，对着迎面吹来的晨风惬意地伸了一个大大的懒腰——啊，终于不用再为学习发愁了。

孙小文变了。在同学的眼里，在父母的眼里，在老师的眼里，彻彻底底地变了。同学疑惑，父母也疑惑，老师更疑惑——到底发生了什么事情啊？看来，“士别三日当刮目相看”说的除了三国的吕蒙，还有今天的孙小文啊。仅仅过了星期六、星期天和星期一三天时间，孙小文便由一枚学渣演变成了一个无所不能的超级学霸，接下来一周时间里连续三次语数英单元小测，孙小文通通都是一肩挑两担——100 分！这在整个实验小学的历史上也是前无古人了，按照曼老师的原话说：“我是‘活见鬼’……不，是活见‘神仙’了。”瞧，她连说话都变得结巴了。

不可思议的事必将继续上演。五一国际劳动节眼看就要到了，届时，全县英语演讲比赛决赛将在县青少年宫隆重举行，那个舞台注定是孙小文大展身手的舞台。孙小文早就从班级和学校里轻松突围，而且从目前仅有的两次决赛彩排情况看，他都是临场发挥最好的那一个，没有之一。总导演甚至对他说：“这位孙同学，最后一次彩排你不用参加了。”孙小文问：“为什么？”导演说：“你来的话别的选手压力太大了。”孙小文差点儿笑喷。

然而，一个不容忽视的问题渐渐浮出水面，而且随着时间的推移变得越来越严重——他总不能一直穿着那件有些褪色的中山装出现在决赛的舞台上吧。前几次小测的时候就有同学笑话他，说这么热的天还穿着厚厚的中山装，看来学习进步了，脑子退步了。孙小文想反驳，可额头渗出的汗出卖了他，他不得不低下头，在众人的目光里落荒而逃，像做了什么见不得人的事。

在既期盼又忐忑的心情中，五一国际劳动节终于到了。

前往青少年宫的路上，孙小文穿着一件白色的长袖衬衫。这是爸爸专程到服装店为他定做的，和定做那件中山装的服装店是同一家。刚开始，孙小文百般抗拒，可胳膊终究拧不过大腿。况且，天气越来越热是不争的事实，争得太厉害恰恰可能会暴露中山装里隐藏的秘密。

小文有自己的想法，既然是同一家店，会不会衬衫的第一粒纽扣也拥有同样的特异功能呢？可恨的是，孙小文按了不下一百次纽扣，按得胸口都印上一排深深的纽扣痕迹了，该死的显示屏始终没在眼前出现。这样一来，小文不得不在心里演练最后一步棋了：先按爸爸的要求穿上衬衫，上场时再临时换上中山装。

只能如此了，但愿先顺利通过这次演讲再说。可对付过了这一次，下一次怎么办？总不能在烈日炎炎的夏天穿一件长袖中山装上学吧？是泡沫就一定会破裂。

车在停车场缓缓停了下来，透过车窗玻璃，孙小文清晰地看到，县电视台的记者也来了，而且人数还不少。他们穿着统一印有“乌有县电视台”字样的红色T恤，有的扛着摄像机，有的手里拿着贴有电视台特殊标志的麦克风，在一大群家长和孩子中间紧张有序地演练着即将到来的采访和摄像。一片青叶从树上飘落下来，不偏不倚恰好掉在玻璃上，然后悄无声息地滑下去。不知怎的，孙小文突然有种逃离青少年宫、逃离现实的冲动，他甚至怨恨起那个引导他一步步走到今天的梦境来。他不需要什么特殊本领，那些本领让他如今站在了一个尴尬的位置上，他已经不是孙小文了，回不去了。现在这个孙小文他陌生得很，他不认识，他只想做回自己，原来的自己。哪怕以前的那个孙小文成绩不好，不要紧，“只要功夫深，铁杵磨成针”，通过努力照样可以成为人人羡慕的学霸。他举起拳头，用力砸了一下车窗玻璃，把正在熄火泊车的爸爸吓了一跳。

车门刚推开，那些电视台的人一窝蜂地拥了过来，潮水般把小车围了个严严实实。孙小文想关上车门，已经来不及了。就这样被簇拥着，众星捧月一般，孙小文来到了舞台后面的更衣室，手里紧紧抱着那件救命的中山装。一进房间，他赶紧关上房门，然后整个身体靠在门上，生怕那些记者又像潮水般涌进来。

孙小文机械地坐在椅子上一动不动，两个化妆师在两旁认真而紧张地为他补妆，下一个上台演讲的就是他了。孙小文觉得此时的他就是一个任人摆布的木偶，唯一给他力量的遮羞布是他手里紧紧攥住的中山装。热烈的掌声响了起来，孙小文知道，这是前面那位选手谢幕时得到的犒赏。应该热烈，也必须热烈，毕竟，那是靠他自己辛辛苦苦的努力换来的。

孙小文以最快的速度穿上了中山装，然后小跑着奔向舞台。这个时候，他听到了女主持人调高了八度的热情似火的介绍声："下面有请本届演讲比赛所向披靡的演讲小天才……孙——小——文……"雷动的掌声中，孙小文在追光灯下站定，昂起头，还没开口做自我介绍，台下却噗的一声笑开了，犹如一个巨大的气球突然被针扎了一下，然后猛地朝外漏气。低头一看，这才发现自己中山装的扣子扣歪了。孙小文赶紧解开纽扣，重新扣好，导演却闪电似的冲了上来，二话不说，开始扒他的衣服。孙小文哪里肯依，死活不让，二人紧紧扭扯在一起，台下又"轰"的一下炸开了……

"不要！不要！"孙小文双手紧紧护在胸前，一边大喊，一边用脚使劲蹬踹，蹬着蹬着，踹着踹着，咔嚓一声响，巨大的舞台倏忽不见了。同时消失的还有自己脚下的地面，巨大的虚空吸引着孙小文疾速地往深不见底的深渊坠去。在无边的黑暗里一阵猛烈地手舞足蹈后，刺眼的光亮再次出现，孙小文下意识地用手挡了挡光亮，缓过神来，他吃惊地发现，自己正坐在家门口的楼道上。门半开着，妈妈探出了脑袋，一脸疑惑地看着他。

哆哆嗦嗦地擦干嘴角的口水，站起身子，拍了拍发麻的大腿，孙小文一瘸一拐地走进家门，发现爸爸正端坐在沙发上看报纸，见他回来，转过脸，上面写满了愤怒……

第七条微信

如果一个男人和一个女人相恋到连孩子都怀了仍然不算结过婚的话，张丹枫和倪晓晓的婚姻确属头婚。在法律的层面上，这没什么好解释的，甚至都不用怀疑和讨论，结没结婚关键看双方有没有领证。有就是结了，哪怕没有孩子，哪怕连性生活都没有，都不影响结婚的客观认定。没领证就是没结，就算两人生下一打孩子，仍然不被认为有过婚史。这实在是一个严谨得稍显荒诞的逻辑，却在法律层面上牢牢地支配着现实的日常。

但在张丹枫的潜意识里，和倪晓晓结婚之前，他始终认为自己是结过一次婚的人。毕竟，他和陈璐相恋了六年有余，六年的时光说短不短，说长还真是长得像翻山越岭的绿皮火车，那一节节呼啸而过的车厢似乎永远也穿不出山洞，里面装满了他和陈璐的恋爱往事。试问，有多少人的婚姻持续时间能超过六年呢？好兄弟兼发小郑开和张丹枫是差不多同时开始恋爱的，三个月后，郑开和女朋友到民政局扯了证。那时候，张丹枫以为他们会白头偕老，哪里料到仅仅过了半年，他们就一拍两散了。散的时候还挺高调，夫妻二人专门请张丹枫和陈璐在大润发旁边一家名为时光印象的餐厅吃火锅。哦，请允许我道声歉，这个时候，郑开和那个女人已经不能算是夫妻了，最多只能算是夫妻一场。

这真是让人沮丧，郑开和他前妻却兴高采烈，甚至时不时共同举杯，敬张丹枫他俩。高脚玻璃杯相碰时发出清脆的悦耳动听的声音，带着一丝空幻的迷离，仿佛来自另外一个世界和另外一个时空。张丹枫一度有些恍惚。郑开说："你们可不要像我们一样倒下了。"他前妻也说："是啊，你们可不能这么快就牺牲了，怎么着也要坚持个一年半载的，希望就寄托在你们身上了。"仿佛他们吃准了张丹枫和陈璐会结婚似的，仿佛他们是没有完成任务的前辈，正将艰巨的任务以接力棒的形式往下传。后来张丹枫才逐渐明白郑开他们二人当初为何那么开心——早离总比晚离好，早结束意味着可以更早地重新开始，而且代价最小，伤害最浅，几乎没有后遗症。不像他，拖到最后，依然是两败俱伤。

张丹枫大约就是从那个时候开始对婚姻产生恐惧的。他完全没有想到，不过一年的短暂时光就可以轻易地摧毁一场姻缘，然后被彼此的记忆埋葬，仿佛从来就没有在对方时间的河流里存在过一般。那些从书本上得来的"执子之手，与子偕老"的绮丽语言似乎更适合回到书本上，或者活在人们的美好愿望里。

"你谈过女朋友吗？"这是倪晓晓婚后睡觉前经常问张丹枫的话，四目相对，张丹枫不得不重重地点点头，那时候，他自然而然想到了陈璐。

倪晓晓很快进入了梦乡，均匀的呼吸，脸上残存的微笑，一只还扣在张丹枫指间的手，所有的一切明白无误地显示出，倪晓晓得到了极大的满足，或者说，她得到了让她满足的答案。

这似乎怪不得倪晓晓。结婚时，张丹枫三十一岁了，倪晓晓才二十三岁。如果说倪晓晓是初春的嫩叶的话，张丹枫则是深秋的果实了。倪晓晓可以接受她的丈夫有过恋爱史，也可以接受她的丈夫在婚前和女友有过亲密行为，她有且只有一个底线：无论如何也不会接受有婚史的男人。毕竟，她才二十三岁。

张丹枫清楚地知道倪晓晓的底线，他本可以在婚后二人第一次举行固定仪式时，用点头来回答妻子的第二个问题，但鬼使神差的是，他竟然选择了摇头。也许他实在是不忍心拒绝倪晓晓那期待的眼神，也许是他不想破坏接下来两人温存的气氛，也许是他觉得还有很多机会可以纠偏。只是他没有想到，一个谎言被制造成功之后，想要说出真相竟然变成了一件比愚公移山、精卫填海还困难的事。如同一个谎言的波源向四周鼓起波浪一样，后面的波浪除了被动地传递之外，根本无法停止，除非波源消失。

好在儿子小伟及时来到了这个世界。小伟出生以后，倪晓晓突然停止了她和张丹枫之间的固定仪式。倪晓晓没有再问“你谈过女朋友吗”。两个问题好像是孪生姐妹，没有这第一问，第二个关于是否结过婚的问题自然也就顺利没有了。

照顾小伟把倪晓晓累得够呛，最重要的累是睡眠时间严重不足。张丹枫也好不到哪里去，如果一个夜晚是一条线段的话，一条本就不算长的线段因为喂奶和吵闹等琐屑事情被切割成几条更短的线段后，睡眠质量可想而知。两人好不容易来了点激情，约着相互尽点儿夫妻义务，也要眼巴巴地等着小伟熟睡后才能动手。往往是小伟还没睡熟，不是张丹枫这边没熬住，就是倪晓晓那头已经鼾声如雷了。

张丹枫总是想，如果此时躺在身边的人是陈璐，他们中间会不会隔着一个小伟呢？

张丹枫对婚姻有恐惧不假，但恐惧的程度远不及陈璐。受郑开离婚的影响，张丹枫一度害怕结婚，那时，他无非是害怕万一结了，会像郑开他们那样分开。他以为陈璐的害怕和他一样，他甚至对陈璐的不催婚心存感激，以为那是理解。但一次偶然的怀孕让他明白，原来，陈璐害怕的不是分开，而是结婚本身。

张丹枫至今还能感受到陈璐打掉孩子的态度——决绝、坚定，就像医院手术室外干净而冰冷的地板，还有陈璐手术后被推出来时脸上苍白的颜色，那颜色和覆盖在她身上的白色被单一样白，白得冰冷，白得刺眼。令张丹峰痛苦和绝望的是，对于陈璐的决定，他的反对和哀求起不到一丁点儿作用，连类似一颗石子丢进水里激起水花的作用都起不到。

“生孩子的又不是你。”陈璐冷冷的一句话，便像是落在地上的一个休止符，令张丹枫酝酿了半天的腹语找不到出口。

“我们可以结婚啊！”张丹枫不甘心。

“结婚？”陈璐脸上现出浮夸的鄙夷神情，“你有房吗？”

张丹枫刚想接话，陈璐又说：“我说的是岛内的房。”张丹枫瞬间便被另一个休止符堵住了嘴。

虽然同属一个沿海城市，但岛内和岛外的房价却是天壤之别，和中间隔着的海水一样辽阔。一个比较靠谱的换算是这样的：一套岛内房的价格大约和岛外四套房的价格相当。张丹枫的计划是再花上十年左右的时间，把岛外的房子卖了，加上攒够的钱，去岛内买一套。

然而计划总是跟不上变化，这次意外的怀孕，一下子把他正在努力为之奋斗的美好计划击得粉碎。为什么不能先结婚生子再逐步实现岛内买房的计划呢？为什么？如果非要找一个答案的话，只能是结婚生子本身就不是陈璐所需要的，或者更彻底地说，和他张丹枫结婚生子不是陈璐所需要的。这个答案让张丹枫心灰意冷。

其实，张丹枫也没有完全做好结婚的心理准备，是陈璐的意外怀孕让他丢掉了最重的心理包袱——都快要成为一个父亲了，难道还会害怕成为一个丈夫吗？但陈璐的决绝告诉他：她不仅没有做好成为一个母亲的心理准备，更没有做好成为一个妻子的心理准备。

迅速分手是被逼无奈之举，再迅速结婚成了一种补救。

倪晓晓缓缓地拉开蚊帐拉链，轻手轻脚地钻了出来，像一只敏捷的猴子，一只手里攥着手机的猴子，再轻轻地拉上蚊帐，尽量把声响降到最低。进了书房，她又缓缓地把门关上，仿佛正在实施某种犯罪行为。其实，她完全用不着这样，张丹枫是那种一旦入睡便睡得死沉死沉的人，自己发不出一点儿动静不说，也不会感受到身旁细小的动静。好几次，倪晓晓甚至怀疑他是不是死过去了，她尝试着将食指凑到他的鼻孔边，还好，孔里有均匀的气体呼出。

随着手指轻轻地划过屏幕，手机瞬间被唤醒了，如同一个蓄满蓝色光亮的生命体被解开束缚，令人心颤的幽蓝瞬间将书房变成神秘莫测的深海。迫不及待地点开陈中的微信，三条语音躺在那里，像三个躺了很久的人，等着她一一拉起来。本来倪晓晓可以把手机亮度调低，然后把语音转成文字，然后躺在床上把身体弓成虾米，静悄悄地看微信，那样她就可以不用做贼似的跑到书房。但她就是单纯地想听听陈中说什么，听到陈中的声音从手机里吐出来，她就觉得那是陈中在当面对她说话，她甚至能感受到随着语音的溢出，他的气息也一并从手机里飘散出来。

她就是想找个人说话。她就是想找个人倾诉。如此而已。

和张丹枫有四天时间没有任何语言交流了，甚至连眼神的交流也没有，但这貌似并不影响两人的日常起居，双方不约而同地达成了某种默契，彼此心照不宣。这样的情形以前也偶尔发生过，但每次都撑不过两天，可这次时间持续得太长了，长得翻了倍，长得让她觉得快要失去控制。她想起同事徐红刚买的奔驰车，里面有一种防碰撞功能，开启后，一旦距离前车过近，车辆会自动启用刹车系统。现如今，他们两人多像开启了防撞功能的汽车啊。她管这叫冷战，一场彼此对对方实施冷暴力的战争，这场战争以不开口说话为开始，以开口说话为结束，规则相当可怕：谁先开口，谁就会输掉。

早上醒来，倪晓晓故意拖了很久才摁下闹钟，她相信张丹枫也早就醒了，尽管他扮演僵尸似的僵在床上一动也不动。事实证明倪晓晓的判断完全正确。十几分钟后，张丹枫也下了楼，时间精确到倪晓晓刚好排完便、刷完牙、洗完脸，然后走出卫生间的房门。张丹枫往旁边让了让，眼神也是。这种错峰生活不仅体现在卫生间的使用上，也体现在用餐上，还体现在出门上。吃饭时，倪晓晓也会盛张丹枫的饭，但倪晓晓吃饭的当口，张丹枫不是忙着看手机，就是看报纸，哪怕是昨天看过的报纸也没关系。等倪晓晓开始收拾碗筷，张丹枫的手机或报纸也恰好看完了，反之亦然。即使两人不小心都换好了衣服和鞋，准备出门，但总有一方会耐心地等待，等待大门发出关门的咔嚓声，这才长吁一口气，然后再耐心地等上一小段时间，确保脚步声再远些。唯有如此，才能把错峰落到实处。

倪晓晓讨厌这种冷战。尽管这种冷战表面上并没有打乱他们之间的日常生活，却把她的情绪搅成了一团随时会下雨的乌云。事实上，这团乌云自他们冷战开始，就一直悬在她的头顶，不知道什么时候会电闪雷鸣、暴雨倾盆。她想，如果婚姻是彼此不说话的话，那还不如割掉双方的舌头。那种婚姻叫什么呢？既然割掉了舌头，应该叫“残疾婚姻”吧。

结婚十七年了，孩子刚上高中，走过了婚姻里最琐屑的育儿时代，眼看着孩子开始了寄宿生活，婚姻即将用富裕的时间为二人徐徐拉开重新热恋的窗帘时，莫名其妙的冷战不期而至。

张丹枫压在倪晓晓身上时，倪晓晓自己也不晓得自己的嘴里怎么会再次蹦出“你谈过女朋友吗”这个白痴的问题。已经有十来年没有进行这样的仪式了，一旦捡拾起来，因为陌生，因为久远，倪晓晓竟然有种恶作剧般的欣喜和激动。

张丹枫点点头，一如刚结婚那会儿。

“你们有发生什么吗？”问题出口以后，倪晓晓甚至已经做好闭上眼睛的准备了，她知道张丹枫会摇头。然而这一次，张丹枫迟疑了片刻后，竟然重重地点了点头。倪晓晓还以为张丹枫没有听清她在问什么，又重复了一遍问题，意外的是，张丹枫再次重重地点了点头。

“你没喝醉吧？”倪晓晓双手轻轻地拍了拍丈夫的脸，上面挂着两腮酡红，那是一杯红酒入喉后留下的颜色。他酒量小，一杯酒就晕晕乎乎的，她想唤醒他，她想让张丹枫摇头，她想继续他们之间消失了很久的固定仪式，但莫名其妙地，她改变了想法。

“其实也没什么，相恋了那么多年，怎么可能只牵牵手，亲亲嘴呢？”倪晓晓想尽量让自己的语气变得平静一些，至少听起来让张丹枫觉得她很平静。但奇怪的是，话都说出口了，她的嘴唇还是不由自主地颤抖得厉害。原来，那个不计较的倪晓晓是一个经不起摔打的瓷器，轻轻一摔，便碎了一地。

张丹枫似乎没料到倪晓晓会这样说，愣了几秒，也似乎早就料到了，因为他明显地吁了口气，仿佛卸掉了一个心尖上的包袱。犹豫了一下，他再次把嘴唇凑过去，试图让仪式回归正轨，倪晓晓却别过脸，挣扎着推开了张丹枫，坐起来。随后，橘色的床头灯亮了起来。

“说说吧，还有什么我不知道的？”倪晓晓靠在床头，眼里的光也是柔和的橘色。

“什么你不知道的？”

“你们为什么分手啊？”

这个问题倪晓晓问过，答案张丹枫也给过，说是感情不和。倪晓晓不信，感情不和能在一起腻歪六年？六年都熬下来了，再说分手是因为感情不和，傻瓜才信。

尽管不信，倪晓晓却极少问张丹枫这个问题。认识张丹枫时，父母都对他非常满意，倪晓晓也是，所有人都觉得倪晓晓能嫁给张丹枫是高攀了，倪晓晓母亲甚至说过这样的话：就算是张丹枫离过婚有过孩子这婚都结得值。倪晓晓觉得母亲是疯了，再不济她也比张丹枫小那么多，青春和脸蛋是她最大的资本，老人完全没有必要在张丹枫面前表现得低人一等。但对于母亲急着张罗他们的婚礼，倪晓晓却很是受用。说实话，她也担心，凭着张丹枫这么好的条件，到哪里找不到好的女人？

“真想知道？”张丹枫望着倪晓晓的眼睛。

“嗯，真想。”倪晓晓温柔地把身子贴过去，捋了捋头发，然后将头轻轻地靠在了张丹枫的肩上，小鸟依人……

调低音量，点开语音，陈中的话从手机里飘了出来，音量虽小，却极其清晰，在静谧的空气中直往耳朵里钻。

“在干什么？”

“睡了吗？”

“好吧，晚安。”

这三条语音倪晓晓每一条都听了三遍。听第三遍的时候，她是闭着眼听的。听完了，正欲睁眼的时候，心突兀地被针尖扎了似的，使劲儿地疼了一下，竟然有泪跟着涌了出来，赶紧又仰头闭上了眼睛。如果不是确定自己的丈夫此刻正死猪一样躺在卧室的床上，倪晓晓会疑心手机里说话的人是张丹枫。说实话，他们生得完全不同类，长得也完全不同类，偏偏声音相似到了极点。倪晓晓不止一次自问过，她当初之所以毫不犹豫地嫁给张丹枫，到底是不是因为他的声音，但谁也给不了她一个清楚的答案，包括她自己。

添加陈中的微信是两天前，也就是和张丹枫开始冷战后的第二天，想着张丹枫和前女友之间竟然有了孩子，倪晓晓就痛苦得无以复加。尽管那个孩子若干年前早已打掉，但他们曾经有过孩子的事实仿佛一个沉重的铅坠，压在她柔软的心房上，又似一个无形的大喇叭，时不时地在她耳边提醒她。

倪晓晓承认，她和张丹枫的结合起决定作用的是母亲。母亲一眼便相中了张丹枫的家庭条件，她催着倪晓晓和张丹枫交换电话号码的时候，倪晓晓便已经明白了母亲的意思。当然，她倪晓晓也可以不点头，毕竟，要嫁人的是她而不是母亲。但她还是很爽快地和张丹枫交换了电话号码。张丹枫除了家庭条件不错之外，穿着和谈吐也颇为得体，长相虽然马马虎虎，但不是让人讨厌的那种，唯一的不足是年龄偏大，大了她整整八岁。当然，三十一岁的男人现如今也算不上大龄青年了，她没有理由拒绝。何况，听说结束异地恋后的陈中也已经结婚了，估计当上了爸爸也说不定。

倪晓晓试着拨了一个号码，这个号码她已经不大确定陈中有没有在使用。记得他们热恋的时候，陈中说过，他会爱她一辈子，除非更换手机号码。

电话通了，里面传出厚得让人踏实的男中音，跟张丹枫的一模一样，倪晓晓的心莫名地提到了嗓子眼儿。

“喂，你好。”声音不徐不疾，是陈中无疑了。天啊，他还没有更换手机号码，他为什么不换号码？她倪晓晓早已经换了啊。

其实倪晓晓有预感陈中不会换号码，她有些后悔拨通那个电话号码，因为一打电话，十七年前的生活便又在脑海里活了过来。但终究过去十七年了，那些往事就像一把蔫不拉叽、奄奄一息的蔬菜，尽管泡进水里之后，它好像重新变得油绿和舒展，但一入口，便会知道，新鲜的终究是新鲜的，过去的终究不能复原，哪怕看起来再逼真。

倪晓晓后悔拨通那个电话号码的另一个原因，她自己也不敢想，那个电话仿佛是一个潘多拉魔盒的盖子，一旦打开，不知会有什么魔鬼跳出来。但奇怪的是，她心里竟然又害怕，又期待。

那通电话挂断之后仅一眨眼的工夫，陈中的微信好友申请便出现在了屏幕上。十分钟后，倪晓晓通过了他的申请，但令她自己都感觉意外和奇怪的是，她竟然对他屏蔽了自己的朋友圈，将好友模式设置为“仅微信聊天”。

后来陈中又发来了三条微信，倪晓晓看过后都迅速删了。好在之后他没有再发只言片语，倪晓晓等了半个小时，确定陈中不会再发微信来后，这才偷偷爬上床。闭上眼睛，她感到滔天的洪水正朝自己涌来，身下偌大的双人床变得摇晃起来，仿佛漂在水上。

倪晓晓做梦也不会想到张丹枫和陈璐之间竟然有过孩子，一开始她还不信，直到张丹枫说孩子才是他们分手的真正原因时，她才深信不疑。因为实在是没有哪个理由可以轻易地拆散一段坚持了六年的恋情，除非关于孩子。

说不出悲伤，也没有难过，只有不舒服，外加两行眼泪无声地流了下来。小鸟不再依人，倪晓晓一句话也没有说，径直起身离开了房间。儿子小伟的房间一尘不染，尽管他一个星期才回来一次，但倪晓晓每天都会打扫。走进小伟房间时，倪晓晓竟然咧着嘴角笑了一下。原来，她每天打扫儿子房间的意义竟然是有朝一日自己用得上。

倪晓晓闲暇时喜欢写点文章，她觉得自己的故事如果被写成小说，一定充满了魔幻现实主义色彩。而母亲就是魔幻现实主义的源头，因为她十几年前无意间的一句关于结过婚也可嫁的玩笑话，竟然在十几年后得到了应验，这样未卜先知一语成谶的母亲怎能不魔幻呢？

冷战是倪晓晓率先发起的，但第二天早上洗脸的时候她就有些后悔了。倪晓晓甚至搞不明白自己为何会走进小伟的屋子，还将门反锁上。她已经不是十几年前的那个倪晓晓了，如今的倪晓晓已经四十岁了，卫生间的镜子能清楚地告诉她这一点，尽管她的皮肤依旧白皙光滑，但那更多地建立在长期使用化妆品的基础上。一小缕白发触目惊心地出现在鬓角，她小心地将那缕白发顺到了耳后，然后用旁边的黑发压住，这才勉强地对着镜中的自己笑了下。

平心而论，张丹枫对倪晓晓不错，他是一个合格的丈夫，也是一个合格的父亲。但就是因为太合格了，她自私地希望他的过去也和自己一样，停留在一张白纸的基础上，这样一来，他们之间就不是平等的。她喜欢这种不平等，这样她就可以一辈子去崇拜他、仰望他、呵护他，然而，他还是轰然倒塌了。她早该想到的，一个三十一岁才结婚的男人该有多么丰富的情史。

她恨张丹枫，为什么一定要把真相说出来呢？永远守住秘密多好，她不知道和没有发生过虽不是一个概念，但对她来说并没有什么本质的不同。她只是一个需要张丹枫保护和呵护的小女人，好了，现在他们之间扯平了，一个没有婚史却胜过有婚史的男人从神坛上跌落了。从今以后，她无须仰视和崇拜他了。

倪晓晓拿手指横在张丹枫鼻子前试探鼻息时，张丹枫差点儿没憋住，好在倪晓晓及时将手拿开了。

以前，两人也发生过冷战，但是不超过两天便会和好如初，而且没有失败者。趁着倪晓晓切菜的时候，张丹枫会悄无声息地出现在她身后，然后轻轻地搂住倪晓晓的腰，不需要任何言语，谁也不必开口。需要倪晓晓回应的，只是转过身，相互亲吻，然后用鼻尖触碰对方的鼻尖，一场战争便结束了。或者，在睡觉的时候，倪晓晓睁着大眼睛对着蚊帐自言自语："我怎么这么想喝四果汤啊！"心领神会的张丹枫便会迅速起床，哪怕再晚，也要跑到街上把四果汤买回来，而且只放一把勺子。

张丹枫试着在倪晓晓切菜的时候从背后搂倪晓晓的腰，但倪晓晓没有转身。倪晓晓也没再自言自语，一上床，便弓成了一只虾米，扔给张丹枫一条冷漠的背部弧线。张丹枫觉察出了这次冷战的不同寻常，尽管第二天晚上倪晓晓便回到了二人的房间睡。

倪晓晓轻手轻脚地走出房间，关上书房的门后，张丹枫便坐了起来，但过了片刻，他又躺下了。他在心里默默地数数，看倪晓晓到底需要多少时间才会回到二人的床上。结果，数字定格在了3799。倪晓晓在他身边弓成了虾米后，张丹枫依旧没有停止心中的默念，他将数字数到了7000，确定身边的倪晓晓已经沉入梦乡后，这才悄悄地起身。

攥住倪晓晓的手机，张丹枫轻手轻脚地走出房间，像一只公猴子，然后踅进书房，再轻轻地关上房门。手指缓缓划过屏幕，手机再次被唤醒，一个红色的小圆嵌在微信图标的右上方，中间的阿拉伯数字“1”异常醒目。点开，那个包裹着数字“1”的红色小圆换了个新主人，这次，它清晰地挂在一个微信名为陈中的右肩上。再次点开，像触到了通红的火炭，张丹枫的手指又迅速地点了一下，像盗贼进入了房间，而后迅速退了出来。

他本想删除这条他不想看的微信，但最终还是忍住了。

轻手轻脚地将手机放回到原来的位置，张丹枫猫着腰钻进了蚊帐。身边的倪晓晓发出均匀的呼吸声，一如从前，平静而波澜不惊。

（刊发于2021年第12期《短篇小说》）

1984年的打谷场

谁也不知道为什么老屋湾村的打谷场在村西头，正如谁也不知道杨婆婆为什么会出现在村里一样。这两件事都是谜，像东升西落的太阳一样悬在所有人头顶，但没人愿意真正去计较。不去计较，日子不是照样在太阳从东边升起时开始，又在太阳至西边落山时结束吗？不去计较，人的一辈子不是一样像一场大风似的，一刮就把全身的皮肤刮皱了吗？不去计较，生活不照样像村前的小河一样没日没夜安安稳稳平静地流淌吗？

老屋湾村所有的男人都姓黄，唯独小杨是个例外。当然，小杨还算不上男人，顶多是个男孩，但也已经是个小学一年级的男孩了，一个开始把一些想不明白的事情装在脑子里使劲想的男孩了。老屋湾村不到五十户人家，全都龟缩在一个又窄又深的山坳里，像一粒眼角皱纹里的眼屎，皱纹不展开，很难被发现。小杨经常这样想老屋湾村。这样想的时候他会不由自主地用指甲抠眼角，仿佛自己的眼角沾着眼屎，抠着了，剔除了，自己的心也跟着清静了。没抠着，又开始痛恨自己为什么不姓黄。不姓黄也罢了，偏偏还要跟姥姥姓，这不是太奇怪了吗。小杨问过姥姥好多次这个问题，姥姥总是吱吱呜呜地说：“啊，是啊，为什么你要姓杨啊，因为姥姥姓杨啊……”然后就没有下文了。小杨生气地推开门板要走，门板发出的声音，竟和姥姥回答得一样气人。

说了等于没说。难怪村里人都说姥姥傻。

“你这死木头！”小杨低声骂。

“狗儿，又让门板夹到手了吗？”姥姥紧张地问。不知从什么时候起，姥姥管小杨叫狗儿。这太奇怪了，如此一来，那姥姥不就成了一条老狗了吗？

“是，手被夹断了。”小杨没好气地顶了一句，转身往打谷场跑开了。剩下姥姥的声音炊烟似的飘在空中：“慢点儿，早点儿回来吃饭……”

谁也不知道为什么老屋湾村的打谷场在村西头，毕竟，村里人进出村子都是通过村东头的那条土路。那条土路再往前延伸二十多里，但店乡像一根冒着热气的油馃子盘在小杨脑海里。但店人管油条叫油馃子。上小学前，小杨央着姥姥去过乡里，生平第一次见到红砖房的小杨脸都涨红了，他使劲踢了几脚墙面，想弄清楚它到底和家里的土坯墙有什么不同。结果他发现，这墙比打谷场上的石碾子还硬，“砰”的一脚下去，一点儿土屑都没掉下来，疼得眼泪下来了。但他觉得很欢喜。那是一种见识了另外一个陌生世界的欢喜，尽管那个世界距离老屋湾村不过二十里山路。

回来后的不少日子里，小杨躺在打谷场的稻草堆里看天的时候，总是想，要是能站在云上看一眼乡里就好了。乡里那个卖油馃子的老人真是厉害，用一根筷子在两条叠着的面泥上一摁，再一拉，一旋，往沸腾的油锅里一放，油馃子就气鼓鼓地长成了大人，跟变魔术似的。要是自己也能像这油馃子一样瞬间就长大，该有多好。那油馃子真香啊，比肉还香。村里每年杀猪好几次，肉香一年便能闻好几回，可这油馃子香一年指不定能闻几回呢。这么想时，香味像长了钩子一般，把小杨的口水拽了出来。

小杨抹了一把嘴角，那儿竟然真的溢出了一丝口水，这让他有些羞恼。太阳还没落山，风从远处的峡谷吹了过来，稻草垛有些摇晃，小杨的身体也跟着摇晃，同时竟觉出自己皮肤一阵微微的悸动，一层鸡皮疙瘩突然冒了出来。原来，1983 年的深秋已经带着寒凉悄无声息地来到身旁了。小杨叹了一口气，一年四季都是这样，该来的总会来，意料之中，不新鲜，老样子，难道自己的将来也是这样一成不变地重复吗？

抽一根干稻草放进嘴里嚼了嚼，小杨皱起了眉头。经过几个月雨水和阳光的掠夺，稻草已经失去了原来的天然清香，小杨“呸”的一声吐出稻草，翻身跃了下来，朝家的方向慢慢踱去。远处的炊烟细细直直地升上来，被风一吹，开始变弯变粗，然后胡乱地笼罩在村子上方，泛着青色的光亮。它总是比夜幕先到一步，既是姥姥呼唤吃饭的信号，也是干稻草死去后庄严的敬礼。

小杨记不清是从什么时候开始爱上这个打谷场的。大约一年前吧，不对，不到一年呢。那时，村里池塘结满了冰，冰面上正冒着丝丝缕缕的寒气。一出门，每个人都是一台吐着白气的拖拉机，小杨和一群村里的伙伴们在村东头的下坡路上欢快地跑着，把白气拖得老长，拖拉机变成了一个个风驰电掣的小火车头。

很快，火车头全部停了下来，为首的拐子有了新玩法。老屋湾的孩子们管头领和老大叫拐子，这很奇怪，被叫作拐子的人并不跛，也不瘸，但却似乎格外中意这个略带贬义的称谓。拐子想带领大家玩一个游戏，方法异常简单，一群人同时出手心或手背，挑出不一样的人即可。不一样的那个倒霉蛋必须接受惩罚，或者说是挑战——择一处合适的位置，双脚在冰面上站立一秒。接近十个人呢，怎么说也不会运气那么差吧，小杨是这么想的，所以围在一起选人的时候并不是很紧张，相反，只是觉得很刺激，小脸也因为刺激涨得红红的。拐子似乎格外关心小杨，单独对着小杨比画了一下手心，还对着小杨若有若无地点了点头。小杨一下子就明白了，拐子这是叫他出手心呢。

小伙伴们围成了一个圆圈。“一——二——三！”随着拐子的口令，小伙伴们亮出了底牌。小杨傻了，所有人都是手背，就他手心。他拿哀求的眼神看拐子，拐子却已经在池塘边开始选位置了。

拐子用竹棍敲了敲一处冰面，对小杨说：“这儿结实，来吧。”

小杨一只脚踏在岸上，另一只脚吊在冰面上像柳条儿戏水一样来回试探，双手紧紧被拐子扯着。小杨还没试探好，拐子的双手已经猛地缩了回去。咔嚓一声，冰面发出玻璃破碎的声音，喉咙里的惊叫还没来得及吐出，一阵刺骨的寒意从下而上传来，小杨觉得自己瞬间成了一个冰坨子。

小杨是哆哆嗦嗦、慢慢吞吞挪回家的，步子根本不敢快，稍微一快，刺骨的风便像刀子一样开始割肉。小杨走回家的时候，拐子已经带着小伙伴们往更远的河堤那里跑了。看着一团团欢快的白气远远地抖动，小杨倒抽了一口凉气，眼泪不争气地流了下来。

堂屋正中的大树根都烧了好半天了，干净的棉衣也换上了，坐在火堆旁的小杨还是觉得冷，手脚时不时不听使唤地抖动一下。小杨不怨拐子，也怨不起。他没这个资格，他不想怨任何人。谁叫他姓杨呢？别人都姓黄，自然不一样的人就是他啊，还用得着通过手心手背挑出来吗？

姥姥也不问是怎么回事，仿佛她知道即使问了，小杨也会说是不小心掉进池塘了。她只是把小杨的手拢在手心里，使劲儿地搓，直到把小杨的眼泪给搓下来了，这才问："饿不饿，姥姥给你烙两块糍粑。"说完，也不管小杨同不同意，拾起火堆旁的火钳，颤颤巍巍地往厨房去了。小杨的眼泪便又滴了下来，姥姥老了，和这座上了年岁的土坯房一样，已经有些摇摇晃晃了。今后房子塌了，谁来管他呢？

那之后，小杨便很自觉地和拐子及小伙伴们划清了一条界线，一条和象棋盘中间的楚河汉界类似的界限。奇怪的是，小杨不去找他们，他们也不来找小杨，仿佛那次游戏的目的，仅仅是让小杨意识到什么而已。领悟到这一点，小杨便很少再去村东头了。

村西头的打谷场就这样成了小杨的个人世界。

村里人很少来打谷场是有原因的。打谷场不过是山脊底部的一处开阔地带，被人修整平了便也就成了打谷场。再往西是连绵不断的山，风从连绵不断的山里连绵不断地吹过来，在打谷场这个地方一汇聚，风力立马增强。大风掠过树梢时发出可怕的啸叫，人们说，这是打谷场后面山腰坟地里的幽灵在空中游荡。

小杨不怕这些幽灵。起码，这些幽灵从来没有戏弄过他，从来没有瞧不起他，从来没有故意疏远他。他们住在地底下，尽管看不见，却听得见，别人避而远之的呜呜声在小杨的耳朵里，却是再亲切不过的安眠曲。好几次，他靠在草垛背风的角落里听着风声竟然睡着了。他梦到了他的妈妈——那个村民口中克夫的女人——把他紧紧抱在怀里，如同他躺在草垛的怀里一样。醒来的时候，泪水还没风干，怀里的一把稻草仍有余温。

日子就在冬天的大风和春天的暖阳中缓缓流逝，却把小杨留在原地——打谷场。若干年过后，小杨依然庆幸，在老屋湾村的不长的日子里，他其实可以称得上是幸福的。毕竟，1984年离开之前那里的人从来没有打过他，也从来没有当面骂过他。这也是他还把老屋湾村当作故乡的一个重要原因，但他掉进冰冷的池塘以后，他开始清醒地知道，他和真正的老屋湾村之间冷冷地隔着一层透明的冰面。

小杨喜欢读书，一放学就背着书包直接往西跑，连家门都不进，书包一颠一颠地打在他的小屁股上，像大人温暖的手在疼爱地拍。书本是他的第二个打谷场呢，进入书的世界，小杨好像一下子长大了，而姥姥却是越来越糊涂了。明明知道她的狗儿书读累了就会蜷在打谷场的草垛里，仍然踮着小脚在村口等他放学回家。看着姥姥远远地颤颤地走过来，小杨悲哀地发现，姥姥不是朝他走来，而是向稻谷场后面山腰的坟地走来。

当打谷场上的风越来越湿热的时候，小杨开始莫名其妙地兴奋，有时甚至整宿睡不着。因为那意味着，他期待的暑假像一个即将到来的人一样越走越近了。小杨很清楚地在脑海里盘算过，自己要的其实不只是一个假期，而是一个夏天，一个热火朝天的夏天，一个他和老屋湾村的其他孩子没什么两样的夏天。他甚至觉得，从去年秋天他将打谷场占为己有开始就是为了等这个夏天，暑假不过是和夏天搅和在一起到来罢了。

暑假以看得见摸得着的方式正式来临了。小杨瞄着独眼老爷爷从校门口远远走过来，缓缓地，手里提着那块生了锈的角铁。曾经好多次，老爷爷举起锈迹斑斑的角铁作势要打人，吓得高年级的淘气男生一哄而散。老爷爷走到走廊中间悬着的铁钟前，低头看了看表，又抬眼四处瞄了瞄，最后终于举起了角铁。悠扬的钟声开始在校园内回荡。小杨第一个从教室里冲出去，右手按住书包，左手在空中奋力甩开。阳光热辣辣地照在脸上，细密的汗珠慢慢凝聚成线，这个时候，就像糖块含在了嘴里，他清晰而肯定地感觉到，美妙的夏天开始了。

老屋湾村的夏天就是两个字——“双抢”。在稻谷集中成熟的时候，抢着收上来，意味着上半年的收成没有烂在地里；还是在这个时候，再抢着把秧苗种下去，下半年便又有了丰满的指望。这就是所谓的“双抢”了。“双抢”的时候，几乎全村人都汇聚在了打谷场，连不喜热闹的姥姥都会把家里蒙了一整年尘灰的两嘴双耳大陶壶洗净，掰下一块老茶饼放进壶里，一吊子开水冲下去，闷上壶盖，往打谷场上挑。本该叫一声叔叔的阿旺当然也会上打谷场，除了忙自己的活儿，他还会闷声不响地帮小杨和姥姥收割庄稼。阿旺是母亲克死的丈夫的弟弟，他从来都不认小杨是他的侄子。事实上，小杨也不敢叫他叔。听村里闲言闲语说，他的父亲是一个挑着担子游走在乡间村野的货郎，理由很简单——小杨的母亲消失后，那个货郎再也没有来老屋湾村。

小杨不相信自己是货郎的儿子，但如果不是，他是从石头缝里蹦出来的孙悟空吗？村主任家买了台“华多”牌 14 英寸黑白电视机，天没擦黑就搬到门前打开放，那场面不亚于大队部放电影。电视里，孙悟空就是从石头缝里翻着跟头蹦出来的。问题是孙悟空会七十二变，他啥也不会，连把手背变成手心都不会。这个问题太费脑子，也太宏大，宏大到他小小的脑袋瓜根本装不下。能装得下的是，老屋湾村没赶他和姥姥走，村主任没赶，阿旺叔叔也没赶，每年夏天还会帮他们抢收抢种。小杨喜欢这些能装得下的东西，简单而温暖，他甚至已经想好，自己一定要找一个机会冲阿旺喊声叔叔。而且，可能的话，为什么不主动找拐子和小伙伴们一起在打谷场的边缘抽陀螺呢？

姥姥陶壶的两个上翘的弯嘴上，倒扣着两只绿色的搪瓷缸。见人们累了，脖子上挂着湿答答的毛巾远远走过来，姥姥就会招手，大声地不厌其烦地念叨：“喝口茶，降降暑，喝口茶，降降暑……”没什么人停留，因为几乎每家也都有这么一个陶壶，也照样倒扣着搪瓷缸。那些搪瓷缸白得干净，甚至没有一点儿掉瓷，更看不见铁锈。陶壶的后面坐着热情招呼他们喝水的堂客。村里男人管老婆叫堂客，喝自家堂客的茶水多好，谁会喝姥姥的呢？何况那两只绿色的搪瓷缸都太老旧了，颜色分不清不说，甚至还掉了瓷。但阿旺会。他朝他堂客走过去，路过姥姥的那只陶壶时，会熟练地用右手一巴掌扣住搪瓷缸底，顺势翻转过来，左手按住陶壶一角，壶嘴里的凉茶便咕咚咕咚稳稳地注进了缸子。看他仰脖一饮而尽时，姥姥兴奋得像个孩子。

小杨更兴奋。他已经读了一年的书了，马上要上二年级了，而且这一年里，他的个子上蹿了一大截。他拿树枝在墙面上划过痕，两条划痕之间能卡住一颗没去壳的花生呢。他想帮旺叔干活儿，那本来就是他自己家的活儿啊。他要加入这热火朝天的打谷场上来，让姥姥也疼爱地看着他仰脖，咕隆咕隆把一大缸子凉茶喝得干干净净。

天刚蒙蒙亮，姥姥就开始烧水了。开水贴着铁锅四周哧溜溜冒着密集的水泡，锅中央翻腾着硕大的水花，姥姥喊着，别加火了。小杨赶紧把已经塞进灶膛口的稻草把子抽出来，拍一拍，踩一踩，然后放回柴火堆里。姥姥一边用葫芦瓢子舀起锅里的沸水，小心地倒进陶壶里，一边喝道：“狗儿，跑开，别烫到。”小杨根本就不躲，因为姥姥一次也没烫到他。

一头是凳子，一头是陶壶，颤巍巍的姥姥挑着颤巍巍的担子，领着小杨往西走。远远地朝村下南边开阔的庄稼地看去，一片片稻田被细细的田埂分割成大大小小的几何形状，像一张硕大的散开的渔网，每个网眼是一块田。每块稻田如同正在剃头的脑袋，割了的和没割的界限分明。弯腰割稻子的人和弯着腰的虾米没什么两样，剃头匠似的把成熟的稻子当成头发一样推剪着。

打谷场上，尽管没有田埂的分割，一家一块的地儿井水不犯河水地有序区分着。精壮的汉子赤裸着上身，左肩上搭条毛巾，右肩上垫块破布，破布上，两头沉沉的扁担重重地压着，扁担尖上是捆绑得结结实实长满穗粒的稻捆子。搭着头巾的妇女把男人卸下的稻捆子摊开，厚厚地铺在打谷场的黄土地上。老黄牛嘎吱嘎吱地拉着石磙子，在铺满稻穗的黄土地上尽情地碾压，稻谷和曾经紧密相连的稻秆开始幸福地分离。

全村就一头老黄牛，就算是累死也碾不完村里所有人家的稻谷，何况即使老黄牛拉着石磙子碾过，也依然不能让所有稻粒和稻穗分开。地里的庄稼是农民身上的汗珠浇灌出来的啊，谁会轻易舍弃那些附着在稻草上的剩余稻粒呢？人们把石磙子碾过的稻穗集中起来，抡起自制的板子反复拍打，拍打到地上的稻草变得轻飘起来，这才住手。用上山收集松针的竹耙子把稻草耙开，一层混在黄土中的谷粒便闪着金色的光泽映入眼帘了。

小杨干不了割稻子的事。还没长成男子汉的他腰太软，没上一年级时，他尝试着干过一次，割下的稻穗还没排满一排，他的腰就顶不住了。田野里异常安静，只有镰刀割稻秆子的沙沙声，难怪这种又弯又锋利的镰刀叫沙镰。小杨左手抓住一把稻穗，右手中的沙镰明明往稻秆上割，割完才惊觉左手中的稻秆还连着根，没有和大地脱离，他就在心里喊了一句“糟了”。锋利的沙镰无情地割到了左手小拇指，看着血源源不断地从伤口上冒出来，小杨竟然没有丝毫疼痛的感觉，只是有些慌张地以为，左手的小拇指可能保不住了。旺叔丢下手里的沙镰冲了过来，抱起小杨往大队卫生室飞奔。还好，小杨的手指保留了下来，同时保留下来的还有一条斜斜的伤疤。

人工拍打脱粒的事小杨是可以干的。旺叔把小杨家的稻子从稻田挑到打谷场上来，自家的稻子不先碾，却牵着老黄牛为小杨家的稻子碾起来。碾完了，一锹一锹将稻粒装入蛇皮袋，再在打谷场上找一块边角位置，把需要拍打脱粒的稻草放好。这样，小杨就可以专心干活儿了。

小杨挥动拍板的样子有些可笑。拍板有些像仅留一片叶子的风力发电机，长长的木杆头上横出一根轴，轴上穿着一块竹条绑成的平板。由于重量全部集中在木杆的末梢，小杨刚把木杆举起来，还没来得及让拍板旋转，就因重心不稳脚步踉跄起来。为了稳住空中的拍板，小杨活像马戏团的小丑，围着地上的稻草打着旋儿。最终仍是没能稳住，连人带杆摔在地上，惹得打谷场上的村民哈哈大笑起来。就连拐子也不知从哪里冒了出来，笑得龇牙咧嘴不说，连口水和眼泪都笑出来了，最后甚至幸福地吹起了口哨，一副大戏看够了想让所有人知道的样子。

“有种你来！”从地上爬起来，小杨又羞又恼，冲拐子大喊。

“来就来。”拐子比画了一下肌肉，“看好喽。”说着，一把将杆子高高地举了起来，一用力，那平板围着轴开始转动，然后下压，平板重重地拍打在摊开的稻草上。一下……两下……三下……拐子不只是示范那么简单，竟然哼哧哼哧直接干了起来。

小杨喊停，拐子装作没听到。没辙，小杨只好跑到树下的姥姥身旁，从陶罐上抓起一只搪瓷缸，倒满茶水，双手端着，小心翼翼地朝拐子走去。

“太满了，慢点！”身后姥姥责怪的声音透着欢愉。

“给！”小杨双手把搪瓷缸递过去。

“不急，看看下面脱粒了没有？”接过搪瓷缸，拐子一仰脖，咕咚咕咚把一缸子茶水喝了个底朝天，像极了旺叔的样子。

小杨收回羡慕的眼光，蹲下身，扒开虚浮的稻草，发出一阵快乐的尖叫：“拐子哥，真的脱粒了呢！”

“不知道有没有脱干净呢，再说，还得扬尘不是？”拐子说得平静轻松，小杨却听得格外激动，他从没见过这么谦虚的拐子哥，这么仗义的拐子哥。那个松手让他掉冰水里的拐子哥仿佛跟着季节交替跑走了，随着时光前行消失了。

拐子所说的扬尘就是用木锹将稻粒和黄土的混合物高高扬起，借助风的力量把尘土吹散，饱满的稻粒便自然垂落下来，堆积成丰收的稻谷堆。这是老屋湾村世世代代的清理稻粒的方式，虽然简单，却异常实用，充满了劳动人民纯朴的智慧。

“你试试。”拐子递过木锹。

小杨没有犹豫，仿佛那木锹就是接力棒或者钢枪一样。握紧了木锹，小杨铲起了一堆混合物，用尽全身力气高高扬起，一阵山风吹来，尘土犹如阴霾被吹开，饱满的稻粒还没到顶点就完成了和尘土的分离。

美得绚烂，像爆炸在空中的烟花。

突然间，小杨像是想到了什么，猛地丢下木锹，冲到稻粒掉落的正下方站定，仰起头，闭上眼睛，平伸双手，任凭温热的稻粒像雨点噼里啪啦地打在脸上、手上、头上、身上……

（刊发于2021年第4期《短篇小说》）

尘埃落定

“这是我退休后第一次喝酒。”给我斟酒时，老李缓缓地说，像一条冒出水面的鱼，缓缓地重复着开和合这两个枯燥的动作。我盯着他的嘴，想象着鱼，不敢看他的眼睛。但我在认真听，他的言语中饱含伤感，像秋叶变黄快要离开树枝的那种伤感。我知道他还有话要说，这才半截子。“你知道为什么？”我这次抬高了些许视线，迎着他的眼睛，但仅仅对视了一瞬，我又低下了头。他并不是问话的口气，但我依然回答说“我知道”。语速缓缓的，和着他的节奏。“都过去了，不说了。”停了片刻，我举起了酒杯，他也举了起来，轻轻碰了一下后我们一饮而尽。我和老李嘴里几乎同时响起咝咝的声音，仿佛吃了辣椒。“这也是你退休后我第一次喝酒。”放下酒杯，我轻轻嘟囔了一句。

老李退休快一年了。退休前他是区劳动监察大队的大队长，我是他的副手，按他的思路，他退自然我上，应该这样，而且也必须这样，就像春夏秋冬时序的接替一样自然。照他说的：“当时为什么挑你做我的副手？就是准备让你当大队长的。”老李这话我信，否则局里征求他意见时他干吗不推老邱。局长也找我谈过，说：“老李推荐你接替他干大队长，你怎么想？”我本来要说老邱资历比我老，但话到嘴边我收住了，我总是在关键时候说错话，但这一次我是这样说的："如果让我干，我一定干好。"我看到局长微微点了点头——大约局长也是很中意我当这个大队长的，或者老李跟局长一直就这么吹风的。

如果事情按照这个方向发展，现在老李就不会这么伤感了。我常常想，当一个人顺风顺水的时候，一定有一件什么特别倒霉的事情在等着他，让他不顺。这个想法在脑袋里长了根，以至于我现在很少看电视，一看到电视剧里主人公幸福甜蜜的场景出现，我就在心里暗道一声糟了。硬着头皮往下看，事实总能证明我是一个合格的导演。

我的倒霉事从一个人的出现开始。

像电视剧里的人物一下子落到了现实情境里，身材瘦小的刘全出现时一左一右站着两个高大的警察，如同被老鹰抓着的小鸡。一件脏兮兮的西装和一头蓬松的乱发之间，是一张瘦削的脸，一双苦大仇深的眸子嵌在深凹的眼眶里。我第一时间揉了揉眼睛，还以为他是被押解过来的人犯，第二时间脑袋又开始半边疼了——那段时间我的偏头痛犯得厉害。

"李队，人我带过来了，就是他。"左边的正式警察说话了，是派出所的王警官，我认识。"来，坐下来喝茶。"老李起身客套地招呼他们。"不了，我还有另一摊警事要处理，人就交给你了。"现在真想爆句粗口，如果当时知道事情会往另一个方向野蛮发展的话。我和老邱都在场，老李却转头对我说："小蓝，这个事情你处理一下？"老李是问话的语气，我却从中听出了交代任务的不容反驳。

就这么着，我和刘全之间算是开始了。《铁齿铜牙纪晓岚》里面也有个叫刘全的，那是个人精，眼前这个刘全和人家同一个名字，却老实懦弱得不像话。仿佛话是他的命，说多了折寿似的。

“怎么到现在才来？”

“不知道哩。”

“我问你怎么到现在才来反映情况，你弟去世都快一年了。”我试着把问题拉长一些，也希望他跟着我的节奏把回答也拉长一些。

但他的回答依然是三个半字——“不知道哩。”不过这下我倒是明白了，他所说的不知道指的是他不知道工伤申请的时限是一年。

刘全他弟叫刘斌，在辖区一家五金厂干过，干了好像不到一个星期，人没了。当时刘全只身从云南赶过来处理后事，处理完了就回去了，本以为事情就这么着了，没想到过了快一年了，他又跑了过来。还学会了电视剧里的手段，直接往五金厂门口一坐，手举一块纸板，上面写着“无良企业，还我弟弟命来”。企业报了警，警察很火，人都死了这么久，如何还命？况且他刘斌是自己死在出租屋的，120 医生现场有签字，确认是突发性脑溢血死亡。叫企业还命，这不是瞎闹吗？警察把他带到了派出所，本来要拘留的，说看他可怜，告诫他下不为例后把他放了出来。

其实刘全不是要他弟活过来，因为那是不可能的事情，人死不能复生啊，他是要钱，要他弟的工亡钱。扯到工亡，那就是劳动局的事了。第一次报警，刘全没说清楚，警察以为是普通的民事纠纷。待到刘全第二次报警，出警的是王警官。没完没了了还！王警官很火，问了半天没问出一根鸡毛，索性亮出了铐子，刘全这才说了实话。王警官干脆把人直接带到了劳动监察大队。派出所暂时是消停了，劳动监察大队开始头疼了，具体地说，是我开始头疼了。因为我看过公安局报给区政府的110信息快报，刘全要合同没合同，要社保没社保，啥证据也没有，和公司之间的劳动关系都确定不了，如何确定工伤？这就好比结婚证都没扯，怎么能说是夫妻？

我知道老李是一番好意，这事处理好了，等于是往我当大队长这口锅上加了个盖子。处理不好也是证据不足，和我没什么关系。毕竟老邱任副大队长时间比我早。

“谁叫你来的？”我问。

“我自个儿。”

“我知道是你自己过来的，但是是谁告诉你可能是工亡这么一回事？”我又把问题拉长了一截，这次他的回答总算如我所愿。

“是我一个远房亲戚跟我说的，说人在干活儿时突然发病，两天两夜之内死的可以申报工伤。”说完了，他眼睛直直地盯着我，仿佛里面藏着刀子，看我怎么回答，一旦回答不好，里面的刀子可能会飞出来伤人。几乎没有思索，我说确实有这么个规定，并且将《工伤保险条例》第十五条的原文复述了一遍：

“职工有下列情形之一的，视同工伤：（一）在工作时间和工作岗位，突发疾病死亡或者在48小时之内经抢救无效死亡的……”

话刚说完，我注意到，刘全先前倔强的眼神瞬间柔软了下来，紧接着，两行清泪流了下来。

我把刘全带到笔录室，详细制作了一份长达五页的询问笔录，刚做完，头就开始疼了。这次不是因为他的事难办头疼，而是偏头痛的老毛病又开始发作了。

我不明白世界上怎么会有偏头痛这么一种残忍的病，不犯的时候吧一切正常，一旦发作，就生不如死，而且来得没有丝毫征兆。

那种感觉如同世界末日来临，恨不得把脑壳破开，把脑花脑肠脑筋什么的通通掏出来，全部捋顺了再放回去。当头痛开始时，整个头皮起一层鸡皮疙瘩，我甚至能听到头皮像鼓皮颤动时发出的轻微的嗡嗡声，然后是一边的血管明显鼓胀出来，如同高压水突然输入干瘪的消防水带。再然后脑袋分左右半边轮流疼痛，像一只磨豆浆的石磨子安放在了脑壳里，磨子碾过，流出的不是豆浆，而是松一阵紧一阵的疼痛。

我手肘顶在桌面上，手掌托着腮帮子，忍着疼，努力睁开眼，指了指笔录纸签名的位置，示意刘全签名按手印。刘全默默地签了名，按了手印，然后一脸同情地看着我，像医生诊断完病情后笃定地对病人说："你这是偏头痛。很难受吧。"我点点头，又摇摇头。

谁知道这是不是偏头痛。

没来大队上班之前，在我三十四年的人生里，脖子上的脑袋一直正常。准确地说，脑袋开始像现在这样有一阵没一阵地痛，是从一次110联动出警之后开始的。那次出警是在初夏的一个傍晚，天刚擦黑的时候，到了工地没见着人，我用打火机点烟，顺便瞧瞧四周的环境。就是那个时候，不知哪里飞来一块石头，哐的一声，像黑暗中飞出的暗器一样打在了我脑袋上。幸好进工地的时候戴了头盔，不然可能会出人命。同事吓了一跳，赶紧跑过来查看情况。还好，我没什么不适，摘掉头盔，左摸摸右摸摸，也没有哪里痛。来到一处光亮的地方再仔细查看，没有伤口更没有血。打电话给报警人，说事情已经解决好了。平白无故挨了一冷枪，好在没什么大碍，只是脑袋有些晕沉。回到家脑袋依然晕沉，睡了一觉之后，第二天早上不疼了，以为没事了，之后的二十多天也确实没事，以至于我都快把那块小石头给忘了。直到有一天和朋友喝茶，刚端起杯子，头皮一阵发紧，像有一只甲壳虫钻进了脑袋，贴着头皮乱窜，蹿到哪里疼到哪里。我一下子掉入了之前被石块击中的疼痛感里，一模一样，或者说，那块石头再次击中了我，让我获得了同样的身临其境的痛苦体验。更可怕的是，自此以后，头疼如同女人的月信一样准时，每个月总有一次让我痛不欲生，长则好几天，短则数小时。

“你这个要吃天麻，一吃就好，我们老家就产天麻。”刘全关心地对我说，我能感觉到他在我额头呼出的热气，但我没理会他——疼痛让我没有多余的气力去理会他。别说天麻了，自从患上这莫名其妙的偏头痛之后，先是去市第一医院挂了专家号，什么脑电图、CT、核磁共振……凡是能做的检查都做了，大几千下去没查出任何毛病，自然也就谈不上对症下药了。后来去了中医院，一番把脉问诊，一位须发皆白的老中医给我开了几十服药，严格遵照医嘱服下，“脑月信”在时间上虽略有推迟，但依然每月一次，长短如故。后来听说隔壁市有神医善治偏头痛，我专门登门拜访，又是几大千下去，不咸不淡不苦不辣连滋味都说不清是啥的神药吃了好几个月，该来的还是来，并未见什么好转。父母亲从湖北老家寄来据说是山上挖出来的野生天麻，我跑到药店把它们碾成粉，每天早上坚持空腹一勺配温水服下，坚持了半年，奇迹依然没有发生。至此，我彻底死心了，我想，大约是上天让我也体会一下女人痛经的滋味吧。这样安慰自己久了，治愈偏头痛的愿望反而不那么强烈地折磨我了。只是，头痛如潮水般袭来的时候，我还是痛不欲生。

就像现在，好在十来分钟后，疼痛感没有那么强烈了，我抬头告诉刘全，刘斌这事很难办。我给出了这样的理由：一是时间过去太久了，相关证据极有可能早就消失了；二是这家公司用工不太规范，不与员工签合同不给员工交社保的投诉时有发生，前不久还曾被监察大队处罚过，老板抵触情绪较重，比较不配合。我还告诉他，最核心的还不是这个，就算是公司跟刘斌之间签订了书面的劳动合同，也为他缴纳了社会保险，而且这些证据也固定下来了。当然，这基本不大可能，毕竟刘斌才入职几天，但刘斌猝死距离他请假离开公司的时间是否在 48 小时以内没法确定，因为没有人为他报 120 就诊，而且也不是直接在岗位上送医且经抢救无效死亡，评上工伤的可能微乎其微。最重要的是，申报工伤的时效是一年，现在距离一年的时间只有不到两周时间，以上这些因素叠加，评上工伤的可能性很低。

我之所以说可能性很低，没说基本没有可能，尽管这两者是同一个意思，是我以为说可能性很低更能安慰到刘全。没想到刘全对我说："这些我都知道，我远房亲戚都跟我说了，但我就是不服，凭什么公司不给我弟签合同交社保，况且我弟托梦给我了，说不管钱多钱少，就是要个说法。"

我急忙插话，签没签合同交没交社保还得调查一下才能下定论，而且一个月内没签合同并不违法。他说不管钱多钱少要个说法，怎么可能？工亡可是几十万元钱的事，给你一万能干？我心里直嘀咕。

"要是交了社保，不至于连丧葬费都报不了……"

这个刘全，原来啥都明白啊，那这事恐怕是更难办了。我的头又开始痛了。我没告诉刘全，处罚那家公司牵头的领导就是我。

出乎我的意料，林志坚是满脸堆着笑迎接我的，他是那家五金厂的法定代表人。我事先给他打过电话，说要去公司泡茶，但没说去干什么，更没说具体什么时候去，哪里会料到，刚下车，就看到他双手垂在胸前笑吟吟地候在门口了。

公司门口挂着鑫福临工贸有限公司的牌子，我记得处罚这家公司时名字叫福临工贸有限公司，没想到才几个月，公司就改名字了。莫不是跟那起处罚有关？我暗忖。

“蓝队大驾光临有失远迎，有失远迎。”林志坚谦卑地伸过手来，我也伸手，和他客气地握了握，我发现，他的手心微微有些湿。

“林总新气象，钱都堆到公司门前了。”

“怎么说？”

“三金为鑫，不是钱都堆到公司名字前面了吗？”

林志坚恍然大悟的样子，大笑起来：“借您吉言，借您吉言。”边说边把我迎进了公司会议室。

会议室里，圆形会议桌上摊放着十几个资料盒。我以为公司刚开完会还没来得及收拾，细细一瞧，资料盒上分明贴着这样的标签：“劳动合同”“工资表”“考勤记录”“社保缴交凭证”“入职登记表”……看来，林志坚已经猜出我此行的目的了。这样也好，省得我兜圈子。

“刘全的事林总听说了吗？”

“刘全？”林志坚一脸狐疑地看着我。

“在你们公司门口举牌子的那人，你不知道？”

“噢，那人叫刘全啊，事我听说了，派出所问过我，说是他弟弟猝死了，问我是不是公司的员工。”

“你怎么说？”

“我查了，我们公司这两年招录的工人资料全在这里，没这人，蓝队，不是我公司的人我总不能揽在自己身上说是吧。”

“你们公司的人事呢？”

林志坚指了指身旁的一位身着红衣的妙龄女子，我依稀记得刚才在门口迎候的好像有她。

“原来的那位人事呢？”我蹙了蹙眉头。

“哦，你是说小陈啊，生孩子离职了。”

“什么时候的事？”

“少说也得有小半年了吧。”

我在心里盘算了一下，小陈离职的时间点和监察大队处罚福临工贸的时间点基本吻合。

“这些资料这两天送到大队，我们要查阅一下，这是《劳动保障监察调查询问书》。”我把事先填写好的询问书放在了会议桌上，向林志坚伸出了右手。该走的法律程序还是要走的。

车刚启动，从后视镜里，我瞥见林志坚往旁边的花丛啐了一口痰。

小陈是老人事了，她应该知道点儿刘斌的事。车开了几十米，我突然觉得喉咙里也有了些许痰意，降下车窗，吭哧吭哧酝酿了半天，却一口痰也没吐出来。

被处罚之后，福临工贸的用工资料完备了不少，没签的合同补签了，没交的社保也补交了，至少从形式上讲，已经找不出太大的毛病和瑕疵了。带着助手忙活了一个上午，资料摊得满桌都是，却没有一份是我想要的。就在我点着一根烟，对着空中吐烟圈的时候，刘全从门边探出了脑袋。

我以为他是来询问案件进展的。办理劳动案件就怕这个，当事人一直催，比我们办案的还急，问题在于不是每件案子都能得到完美解决的，何况他这还是无头案。我招呼刘全坐下，把我了解到的所有情况一股脑地和盘托出，事无巨细，就像那些已经和盘托出的敞开在桌上的各种资料一样彻底。一个星期的调查了解下来，我心里也渐渐明确了一个想法，那就是尽力而为，能办到什么程度办到什么程度，最重要的是要让当事人理解并接受我们所做的工作。

静静地听完我的叙述，刘全把一个皱巴巴的红色塑料袋子放在茶几上。

“这是什么？”我用眼斜了一下。

“天麻，野生的，好东西啊，我托老家的亲戚寄来的，专治偏头痛。就这么几颗，现在野生的忒少……”刘全把声音压得低低的。

“老刘，你兄弟的事我可能真的帮不了你……”

“先收着，别让外人瞧见。”门口一个红色的身影一晃而过，刘全紧张地将袋子放在了茶几下的隔板上。

“老刘，我不会收你东西的，你放心，你兄弟的事我会尽最大努力的，这是我的职责所在，你的心思我知道……”

“你是个好官，我打听过了，很多老板恨你恨得牙痒痒。再说了，你这满屋子资料我都瞧见了……”

“你要做好竹篮打水一场空的准备……”

“你以为我是为了讹钱来的吗？”刘全突然提高了音调，吓了我一跳。“我就想要个理，是他厂子的人就是，没必要遮着掩着。这几天我也跟老家的亲戚联系了，也说这事成不了，我今天找你，一是给你拿天麻过来，二来也是跟你告个别。”

“告别？你要回去？”

“家里的地还得我去侍弄，老婆孩子还得靠我搭把手，我不能一直耗在这里，你也说了，这是没结果的事。”

刘全果真就回去了。再打来电话时，他身边有小孩子吵嚷的声音，他把电话递过去，其中一个稚嫩的声音喊我叔叔，带着和他一样浓厚的云南口音。他说那是刘斌的孩子。那是又一个星期之后的事，我告诉他，我一定会尽最大努力为他争取一些利益，我是认真的。如果说在他回去之前我还没有这么一个坚定的目标的话，当听到那个小孩子喊我叔叔的那一刻，这个目标在我心里已经像一根电线杆子一样竖了起来，而且是牢牢地竖在了坚如磐石的混凝土底座上。

老李兴奋地告诉我，局里已经正式任命他为主任科员了，这意味着他已经不再担任大队长职务了。而且他还告诉我，局里已经将我推荐到组织部了，不出意外的话，我接替他当大队长这事很快就会尘埃落定了。

可我更关心刘全的事能尽快尘埃落定。

刘全回到了云南，也没再给我打电话，但我却丝毫没有觉得肩上的担子减轻了。当一个人真正把一件事当事的时候，这件事已经远远不是普通一件事这么简单了。

我决定再去福临工贸一趟。在去福临之前，我电话联系了小陈，小陈告诉我，她已经记不起来这件事了，而且，她已经不在夏州了，还没等我细问，那边匆忙挂断了电话。我印象里的小陈眉目清秀，每次来大队找我，总是怯怯的，敲三下门，得到允许后才轻轻地推开门扇，侧身进来，在我讲完电话前一直垂手站着。唉，我轻叹一声，那个小陈已经远去了。

这次林志坚没有站在门口迎候，我事前告诉他，这次是私事找他帮忙，他也没问是什么事，只说：“我在会客室等你。”

会客室不大，二十平方米左右的样子，但布置得很精致。靠窗位置摆了个鱼缸，各色鱼儿在里面自由自在地摆弄着尾巴，上上下下游弋着，时不时朝我吐出一串串可爱的气泡。长约两米的方形木雕泡茶桌置于正中央，几个中式太师椅环列，看材质应该是黄花梨。墙角是几盆绿植，有花有树，好一副欣欣向荣的模样。

“蓝队这是第一次着便装到公司来，欢迎欢迎。”林志坚将石磨状的茶具手柄顺时针打了一下方向，红色的茶水便顺着石槽边缘的出水口缓缓流了下来，正好落进下方的杯子里。

“我想我的来意林总已经知道了，咱就不必兜圈子了。”

“喝杯茶再说嘛，这可是上等的武夷山岩茶，一斤四千多元，您来了我才拿出来，来，先尝尝。”说着，林志坚自己先拿起一杯，细细地啜着，边饮边发出啧啧的赞叹声。

确实是好茶，当茶汤顺着喉咙进入胃袋，我觉得五脏六腑瞬间打开了，如同浸润了武夷山的云雾一般，通体舒畅。闭目冥想，仿佛身在武夷山水之间。

“怎么样？不错吧？”林志坚一脸紧张地问。

“确实是好茶。”我刚吐出第一句，林志坚脸上的笑意便荡漾开了，半天不见消散，如同石子丢进水里击起的涟漪被一阵突如其来的寒潮冻住。

“这么好的茶我可消费不起。”

“我早就为蓝队备了一份。”说着，林志坚从桌下提出一提茶叶，放在茶桌上。

“茶我是不会拿的，有钱买这么贵的茶送人不如把这钱赔给人家。”我道出了我的终极解决方案。

“话可不能这么说啊，蓝队，不是我们的人你硬要我承认，你这是这是，强买强卖啊。”林志坚突然愤怒起来，连舌头都开始打结，“要赔，那是一分钱都没有，要是可怜他，千儿八百的，人道主义一下，还可以……还可以商量。”

“你以为你把小陈支走就天衣无缝了吗？”不说可怜还好，一提起这个，我的火气噌地一下也上来了，“可怜也用不着你来可怜，这事天知地知你知我知，我告诉你，别做违法的事，和监察大队对着干对你们公司没好处！”我愤怒地放下这些话的同时，重重地放下手中的茶杯，仿佛茶杯就是那些话，然后起身离去。

“你不该跟林志坚说这样的话。”老李往我的酒杯里续了酒，悠悠地说。我端起酒杯一饮而尽，然后默默夹菜往嘴里送，并不接话。

我承认，作为一名执法者，我当时说的话的确过了头。正如林志坚向区纪委反映的那样，站在他的立场上，他觉得自己受到了威胁和恐吓，这个我完全能够理解。我只是想不明白，刘全给我送天麻的事他是如何知晓的呢？

“琢磨什么呢？好好干，以后还有机会。”见我垂着头，老李拍了拍我的肩。

我知道老李说的机会是什么，无非是走非领导职务路线看能不能调个主任科员。邱大队长跟我年龄相仿，接他的大队长恐怕得等到下辈子了。

“老李，跟你报告一个好消息。”我突然想起一件事。

“什么好消息？”

我用拳头捶了捶自己的脑袋。

“快别，怎么两盅就喝高了？瞎来！”老李赶紧制止，“你这偏头痛的毛病还没把你折腾够啊？”

我仍然用拳头轻捶自己的脑袋。

沉默了半晌，老李突然恍然大悟："偏头痛好了？"

我笑着点点头。

"不会是刘全的天麻起了作用吧？"

我直直地看着老李，任凭眼里的泪水像海潮一样慢慢涌上来，直到把眼眶填满，然后重重地点了点头，泪水随之掉了下来。

一抹红色的影子从脑海里一闪而过。

（刊发于 2022 年第 2 期《厦门文学》）

金黄色的法雅特

2018年11月1日，天气：晴

今天真想骂人，奶奶的凶！！！

这是李海平三篇日记里的头一篇。说是一篇，其实有些勉强，因为才一行。如果不算标点符号的话，刚好十个字，差点没上双。就这么小孩子数指头都数得过来的几个字，竟然还出了一个错别字。这与我对他的了解，基本吻合。

“李海平是个怪胎。”说这话的人是他的经理吴章斌，地点在区劳动保障监察大队笔录室，也就是我办公室隔壁的那间，时间是2018年12月14日上午十一点二十五分。那时的时针和分针恰好成一条直线，像一根铁棒，我恨不得拿起这根铁棒砸死这个点头哈腰、白白胖胖、头上抹油的中年人。

我拿眼瞥了瞥挂在墙上的圆钟，用手指使劲敲了敲桌面，严厉地说：“请注意你的措辞，这里是劳动保障监察大队，不是你们公司，不要侮辱他人人格。”说这话的时候，我用眼睛死死盯着他。同时，脑海里飘出一团咸菜干。

“是……是……哦，对不起，不好意思啦，我没有侮辱他人格的意思。”吴经理躲开我的眼神，言语也变得闪躲，小心翼翼地说。这让我稍稍觉得解气，在监察大队二十多名监察员里，数我的眼神最凌厉，最有杀气，曾经杀得一些老板落荒而逃。

有一次，处理一个仅拖欠三天工资的案件，老板也是这么坐在我跟前，恬不知耻地说他不认识这个投诉的人。我连问了三遍，他连续三遍回答说不认识。我火了，让他看着我，他竟然真的抬起头，挑衅地和我对视，眼珠子一眨也不眨，仿佛我们在玩谁先眨眼的游戏。然而三十秒后，他败下阵来，在我还没来得及对他吹口气之前。如果你以为他先眨眼睛就表示认的话那就错了，那只不过表明他比我先心虚一步而已，就和眼前的吴经理一样。真正起到杀人诛心效果的，是我在他眼睛眨了之后紧跟着递过去的一句话：“如果你真的不认识，我就将你们公司列为劳资纠纷重点监测单位，定期进行检查。怎么样，认识吗？”

“认识，认识，算我倒霉，才干了三天就想跑，我给他工资，还不行吗？”他这才真正认屄。

吴经理跟那老板不同，一开口就说认识。对付说不认识想赖账的老板，我们有的是办法，最经典的办法是连珠炮似的抛出一堆问题过去，问得他们前后矛盾了，破绽和漏洞就像狐狸尾巴一样露出来了，然后抓住尾巴穷追猛打，弄得他们哑口无言了，再动之以情晓之以理，案子基本就搞定了。实在不行，再拉出我那套“重点监测”的说辞，一般都会搞定。怕就怕那些一开始配合度就特别高的人，问了一千，说了一万，讲什么都点头，貌似通情达理，知法守法，临到叫他给钱，不点头了。不给就不给吧，还一大堆理由，绕过来绕过去，绕过去绕过来，绕得人头晕，搞得好像被欠钱受委屈的不是工人，反而是他们这些老板似的。

“李海平投诉你克扣他三个月工资，共计三千元，是怎么回事？”我不想和他磨叽，直接进入正题。

“这个李海平啊，是个怪……性格怪得很，要不是我看他可怜，收容他，他可能早就饿死在大街上了。现在还好意思来这里告我，真是恩将仇报啊。那一年……”

我一听“那一年”三个字，赶紧将他话头打住，不然往下一延伸，准和隔壁老太太打毛衣的线头差不多，越扯越多，越扯越远，没完没了。

“你是不是扣了他三千元？”我问，音量瞬间满格。

“他这个人啊，不遵守保安纪律，净干一些稀奇古怪的事，比如上班吹萨克斯……”这家伙又想扯话头了，而且这话头是什么我已经一清二楚了。

我一拍桌子，打断他，厉声喝道：“甭扯别的，给个痛快话，扣了没扣？”

“扣了。”他没想到我会拍桌子。

“是不是扣了三千块？”

“是扣了三千块不假，但我扣他钱是有原因的，他上班不遵守纪律，被人投诉，我也是没有办法啊……”

“李海平每个月工资多少钱？”

“拿到手两千三。”

“被投诉几次？”

“三次，都是因为吹萨克斯。”

“你们公司有规定吹一次萨克斯扣一千块钱吗？”

“这……个，没……没有……”

我没再理会他，叫他在笔录上签字画押，尔后大手一挥，将他轰了出去。快十二点了，这种人，害我加班不值当。

轰出去了，我又觉得不妥，追了个电话过去，告诉他，最好一周内把克扣李海平的工资给人家，不然，我们很可能采取行政处罚手段。电话那头，他唯唯诺诺，说一定一定。我这才稍稍松了口气。

说实话，搞执法不怕碰到硬的，你硬我更硬，谁叫你违法呢？这些硬的一旦被降住了，服软了，说过的话大多会兑现。怕就怕那些软的，比如吴经理这类人，满脸堆笑，说啥是啥，承诺一大堆，最后都是空泡泡。这叫欺硬怕软。

其实，我大可不必对他如此，毕竟，物业公司和李海平之间还是存在争议的。一般来说，碰到有争议的劳动案件不宜责令，包括口头责令和书面责令，在调解无效的情况下，建议当事人申请劳动仲裁才是稳妥的。

但我这次竟然在电话里让他限期支付了。我不知道这是不是出于我对李海平的同情，还是对吴章斌的厌恶，我说不清楚。

说得清楚的是，李海平日记里骂的，肯定是这个叫吴章斌的人。

不过，李海平确实有些怪，或者说不同寻常。从我和他见第一面开始，我就隐隐约约感觉到了。

我约他到大队做笔录，他说他周六才有空，我依了。谁知那天他竟然背了个崭新的乐器箱子过来，吓了我一跳。从箱子的体积形状判断，里面装的应该是萨克斯。那时，我还没约吴章斌。我心想，我爱吹萨克斯的事眼前这个人是如何知道的呢？不过是讨要被克扣的三千元工资的事，完全可以要得光明正大，名正言顺，合理合法，而且也不是什么大事，犯不着送礼，更犯不着花这么多心思。再说了，眼前这个人，个子不高，瘦瘦的，脸色深黄，满是皱纹，如同沟壑纵横的黄土高原，一副苦大仇深的模样，经济条件一看便知。关键是他还穿着一身醒目的保安服，虽然谈不上破旧，但穿在他身上，破旧就显了出来，仿佛近墨者黑了一样。大盖帽的边缘，头发像荒草一样冒出来。这么个人，估计五十岁出头了，连生计都得打问号，会为了三千元工资搭上一支萨克斯吗？如果不是，他拿萨克斯来干什么？

我翻了翻投诉状，身份证复印件显示：李海平，1979 年生，将将四十岁。仅仅比我大四岁而已，看上去却和我的父亲差不多年纪。怎么会老成这个样子，我心里感叹一声，说不出的难受。

不过是配合劳动行政部门做个笔录而已，干吗带一支萨克斯来呢？我实在想象不出，一个保安和萨克斯之间会发生怎样的交集。难不成要吹个曲子给我听吗？

“我先为你吹个曲子吧。”李海平摘掉帽子，露出咸菜干一样乱糟糟的头发，用手捋了捋，稍微顺了些后说，“对了，你是哪里人？”

“江苏！”我回答，暗暗惊异于自己的未卜先知。

“哦，离这里挺远的，我也是。”我以为他说的“我也是”代表着他也是江苏人，谁知他接着来了句，“我是陕西的。”我这才弄懂他说的“我也是”只代表“离这里也很远”。因为不是老乡，李海平似乎颇感失望。

我不知道该怎么接话，干脆嗯了一声。

“那我给你吹个《母亲》吧，你肯定想你母亲了。”

我不再说话。因为我实在不知道该说什么。我的沉默仿佛传递给了他一种信号，暗示我在等他，或者是在等《母亲》。

他也不再说话，蹲下身，熟练地打开箱子，里面果然躺着一支金黄色的萨克斯。灯光下，萨克斯闪着金属质地特有的耀眼光芒，带着几分高贵，几分虚幻。不用多瞧，我已经知道，这是一把法雅特 5610 中音萨克斯，美国技术，中国台湾制造，和我家里那支半年未曾摸过的一模一样。同时我知道的还有，他不是来行贿的，因为这支萨克斯并非全新，况且他还要吹奏一曲。

我本来不打算听的，我怕吓到别人，更怕吓到自己。作为一个吹了十多年萨克斯的人来说，我对乐器有洁癖，对乐器吹出的音乐同样也有洁癖。我怕他毁了阎维文老师的那首歌，更怕他毁了我对千里之外母亲的思念。

但不知怎的，我看他麻利地取出萨克斯，将背带挂在脖子上，调了调姿势，然后用嘴唇包住笛头，挺了挺身板，这些动作连贯熟稔，他甚至因为这些动作变得潇洒帅气起来。兴趣便像洗衣粉被水冲击后产生的泡泡，越来越多，直到将脑海覆盖得密密麻麻。

我像一个考官一样，看他开始他的演奏。我不得不在心里说，如果考前的准备过程也计入分数的话，这一块他的分数是满分。

细腻悠扬略显沧桑的声音从喇叭口一飘出，我全身紧起了一层鸡皮疙瘩。他的音准非常到位，节奏不徐不疾，恰到好处，配合着微微摆动的身躯，萨克斯和他已经融为一体，连同这溢满房间的舒缓的乐声。某一时刻，我甚至看到他头顶上笼罩着一层金黄色的虚光，和他那把法雅特闪耀的颜色一模一样，让他整个人闪着异样的光彩。我想，如果你闭着眼听他吹，你无论如何也猜不出他是一位保安，而且是一位这样的保安。

我再次在心头叹息一声。我大概已经猜出他吹奏这首曲子的用意。

果然，吹了一半，他突然停住，顿了顿，声音沙哑地问我："我吹得怎么样？"

我睁开眼睛，刚才舒缓而深情的音乐什么时候让我闭上眼睛的，我竟然没有察觉。我没有说话，只是重重点点头，然后站起来，走到他跟前，告诉他，以后哨片不要一直放在笛头内，要吹奏之前装进去就行了。此时，我发现他的双目隐隐含泪。

"你会吹萨克斯？"他眼里冒出精光，那光亮经过泪珠的折射，越发闪亮，仿佛电视里地下党人找到了组织，激动得连声音都有些颤抖。

我点点头。

"你一定是专业的，不像我，业余的。"他由衷地说。我心里觉得好笑，我都没吹一口，你如何知道我是专业的？

但我依旧点点头。

"连你都说我吹得好，那你说，我为啥还会被投诉？"

我不知道该不该回答，我不知道该如何回答。

想了想，我说："再好的音乐没有出现在合适的场合，也会被认为不合适。"

"别人要睡觉的时候，你吹得再好，只怕也会吵到他。"我怕他听不懂，又加了一句。

他眼里又一次冒出精光："我还以为别人投诉是因为我吹得难听呢！"

"我们开始做笔录吧。"我说。

2018年12月7日，天气：雨

今天真是碰到了贵人，看来这个世界还是好人多！！！

依旧是简单的一句话，但看得出来，李海平心情舒畅，尽管天上下着雨，尽管仍是三个感叹号。这是李海平的第二篇日记，字数比第一篇多了一倍，我知道他说的贵人指的是谁。我后来翻看了卷宗，找他来做笔录的那天，刚好是12月7日。那天，外面下着急雨，我从小车里钻出来快速地跑进办公楼，衣服还是不可避免地被雨淋湿了一些。

“我本来是不想来投诉的。”做完笔录后，他和我扯起了闲话，“我不招事惹事，不喜欢被人当成刺头，但也不怕事。”

“那你为什么还是来了？”我好奇。还有不想要钱的，何况，这是他应得的。

“要不是母亲生病住院需要钱，我真不会来，再说了，我上班时吹萨克斯本来就不对，只是经理扣得也忒狠了些。”说这话的时候，李海平把头低到了海平面以下。

我问他：“你吹萨克斯都是在上班时间吗？”

“不是不是，我吹萨克斯基本是在下班以后，在上班时间只吹了三次，结果两次被吴经理撞上了，一次被业主投诉。”

“你运气还真不错，次次都能中奖，看来你应该去买彩票。”我笑着说。

他也不好意思地笑了，两手绞在了一起，憨憨的，好像一个小学生听老师说了一句有趣的话，看见老师笑了之后就跟着笑了。我发现他笑起来比哭还难看，这得归功于他满脸的皱纹。我想，他的皱纹大概是生活的愁苦塑造出来的，因为只有这样，他笑的时候，皮肤才会顺着熟悉的皱纹将脸还原成愁苦的模样。

“下班吹就好了，干吗非要上班吹？”

“下班回出租屋更不敢吹了，周围住的都是像我一样打工的，有的三班倒，有的上夜班，怕吵到人家。我一般是下班之后到海边吹，但海风对萨克斯不好。”

我点点头。海风会腐蚀萨克斯管。

“都是我自己不好，实在是太无聊了，再加上嘴痒……”李海平一个劲儿地自责，我打断了他，好奇地问：“谁叫你来的？是你自己想投诉的吗？”

李海平抬起了头，手握成了拳头，眼里也有了愤怒：“是吴经理。”

“吴经理？你们老板？”

“对！我找他商量，看能不能少扣些钱，他说没门儿，要告你去告，我和劳动局的人熟得很，无所谓！”

我倒吸了一口凉气。这个王八蛋！

2018年12月17日，天气：晴，万里无云

意外，意外。今天，吴经理把扣我的工资全部还给我了，我没想到会是这样，我以为会扣一部分的，我一定要给吴清源督察送面锦旗，感谢他，如今，这样的人是越来越少了。锦旗内容一定要写人民的好公仆！

这是李海平的最后一篇日记，这篇日记终于写得像日记了，字数多了不少不说，一个错别字都没有，连万里无云都出来了，大约烦恼和不快都像云一样消失了。只可惜把我称呼错了，应该是吴监察，不是吴督察。好在这并不碍事。碍事的是我根本算不上什么“人民的好公仆”，干劳动监察十年多了，因为较真，我被投诉过好几次，尽管最后事情都弄清楚了，但先进也与我擦肩而过了。让人啼笑皆非的是，群众送我的锦旗倒不少，李海平这面是最新的一面。

日记写在一个带皮的日记本里，和李海平日记里所说的锦旗几乎同时递到我手里。那天，一个脸庞黑得透红的男人敲门，我很奇怪，因为门一直开着。很多时候，工人进来是无须敲门的，只需用嗓子即可。

我以为是来询问案件进展的，抬起头，还没开口，那人却抢着问：“你是吴清源监察员吗？”

我点点头，同时疑惑地看着他，他递过来一个本子。我有些莫名其妙，翻开本子，便看到了他写的不长的日记。看到12月17日那篇时，我心头一紧。他变戏法似的又拿出一个红布卷，配合着我心脏肌肉的收缩。凭我的直觉，那布卷应该是一面卷着的锦旗。我万万没有想到，那里面却卷着一个惊天秘密，如果知道，我宁愿那面锦旗永远也不要打开。

果然是面锦旗，他缓缓打开，双手递了过来。当“人民的好公仆”几个烫金大字映入眼帘时，我的脸倏地发烫了，心脏狂跳，没来由地，金黄色的法雅特闪电一般划过脑际。

打量落款时我呆住了，左下角分明印着“陕西李海平敬赠”几个小字，一种不祥的预感电流般击遍全身。再看眼前这个肤色黑红的男人，脸庞正在扭曲变形，大颗的眼泪正从他脸上滴落，那一瞬间，我什么都明白了。我不由自主地站起来，又颓然坐了下去。

这个脸庞黑红的男人是李海平的妹夫，他告诉我，李海平在傍晚横穿马路的时候被车撞了，马路临近海边，与海岸线几乎平行，相距不过几十米。出事的时候，在离他二十多米远的地方，一支变形的萨克斯躺在那里，如同蜷曲不动的李海平。

我平静地听着这个陌生男人的叙述，泪水一次又一次夺眶而出，湿了又干，干了又湿。我的眼前全是李海平躺在冰冷的柏油路上的画面，鲜血从他的嘴角鼻孔里流出来，流向二十米外的法雅特。而此时，金色的法雅特突然闪出耀眼的光芒，徐徐上升，飞到李海平身体上空，再缓缓落下，落在他怀里。李海平也因此变得金黄夺目，面色舒展，而那些地上的血迹倏忽不见。李海平站起身来，麻利地取出萨克斯，将背带挂在脖子上，调了调姿势，然后用嘴唇包住笛头，挺了挺身，动作连贯熟稔，他开始吹奏了，舒缓悦耳的《母亲》响起，如泣如诉……

我不知道那个男人是什么时候离开的，等我回过神来，看到桌子上摊放着的那面锦旗，才明白刚才发生的一切都是真的。我依稀记得那个男人还对我说了什么，可我什么都记不清了。

十几年前，我大学毕业，一时半会儿没找到工作，迫于生计，当了保安。第一次穿保安服戴保安帽走出出租房时，我低着头，顺着墙角溜，不像个保安，倒像一个冒充保安的贼。那天，天阴得如同我的心情，仿佛能拧得出雨来。我却偏偏戴了一副墨镜，仿佛别人的眼光比夏日的阳光还毒，还刺眼。

一个月后，我依然戴着墨镜上岗。不过，那时，墨镜已经开始发挥它真正的功能了。

再后来，我渐渐开始忘记我来自哪里，要到哪里去。身上的保安服越来越合身，穿在身上也越来越帅气。有一段时间，每次上岗出门前，我都要细致地正正帽子，把帽带拉下，套在下巴上，对着镜子左看右看，然后敬三个标准的军礼。我的脑海里甚至会冒出这么一个念头，做一辈子保安也没什么不好，然而下一秒，我就会对自己怎么会冒出这个念头惊恐不已。

惊恐不已的我来到海边，对着大海吹响了我的法雅特，那支金黄色的法雅特把夕阳吹在了海面上，它让我的惊恐慢慢归于平静，它让我逐渐意识到我终究不属于那里。

终于，我从那里走到了这里。

李海平事件以后，我又开始拿起我的法雅特了，它完好无损，正如我的人生。

我常常想，如果李海平不是保安，如果他没有携带那样一支金黄色的法雅特，我还会不会那么执着地帮他？

谁知道呢？

（刊发于2021年第1期《厦门文艺》）

凯琪的心事

一

淅淅沥沥的小雨已经下了快一个星期了，到周末都还没有打住的意思，心思都长毛了，真是烦人！

这可不像闽南的天气，倒有点儿像中原一带河南的天气呢。尽管凯琪生在厦门，长在厦门，但因为爷爷奶奶是河南人，河南的天气她还是略知一二的。

想到爷爷奶奶，凯琪心里莫名其妙地开始堵起来。爷爷奶奶生了三个儿子，村里老人都说爷爷奶奶福气好，上辈子积了德，可哪里会想到，事情到了孙辈这儿，一切都变得不同了。老大生了个女儿，老二紧跟着也生了个女儿，爷爷奶奶急了，将所有的希望都寄托在了老三小军的身上，就指望小军能生个带把儿的男孩子传宗接代呢。然而，凯琪一出生，爷爷奶奶傻眼了——又是一个孙女！二老在厦门待了不到一个星期，还没等凯琪她妈出院，便推说家里的菜地不能没人种，回老家了。

老家菜地的菜苗竟然比孙女这棵苗还重要，想想都觉得荒唐，凯琪爸妈显然不信这个。他们是受不了连续生了三个孙女的打击，想回家养心病呢！

爷爷奶奶真是老封建，什么年代了，还满脑子陈旧思想，难怪不远处西山岩寺的香火这么旺，下着雨，依然能听到寺里传来的鞭炮声，看到飘散在西山岩半山腰袅袅的青烟。要是少了爷爷奶奶这些上了年纪的老人，庙里的香火还能这么旺吗？

别看凯琪只有八岁，才上一年级下学期，这些事情还真瞒不过她那小小的脑袋瓜，谁叫她幼儿园年年都被评为“聪明宝贝”呢？

那袅袅的青烟怎么那么像自己的愁绪呢，可爸爸妈妈知道吗？

家里的不锈钢防盗窗都是伸出去一截的，尽管多了摆放花草的空间，但下起雨来，再小的雨点滴落在薄薄的不锈钢顶板上，声响也会变得格外大，吵得人心神不宁。

妈妈强行把凯琪锁在二楼房间里做作业，可凯琪哪里有心思做作业呢？自己就像一个做错了事的犯人，被爸妈关在笼子里，这密密的不锈钢管与其说是防盗窗，还不如说是监狱里的铁栏杆呢！

“到底我做错了什么事呢？不就是学习成绩最近下降了不少吗？可我又能怎么办呢？”想到学习，凯琪有些黯然神伤，却又无可奈何。

以前做得拿手的两位数加减法，现在不知怎的老出错，这还不算，明明试卷有两面，自己做完一面后却硬是将另一面忘得一干二净，直接交卷了。结果可想而知，凯琪成了班里唯一不及格的学生。

公布考试成绩时，林老师念了每一位同学的成绩，唯独没念凯琪的，可能是老师怕伤到她。但在凯琪看来，这比念了她的成绩还让她难受，因为如此一来她好像成了一个与全班格格不入的人，一个被全世界遗忘了的人。

以前的凯琪每次都能让老师和同学们记住。要知道，一年级上学期的时候，她是班里小红花拿得最多的人啊。对不少同学来说，每次考试哪怕是小测验都会让他们提心吊胆，然而凯琪却一点儿也不畏惧，甚至是满怀期待的，因为那意味着她又有机会迎着同学们羡慕嫉妒的眼神站在讲台上领奖了。尽管奖品只是些铅笔啊橡皮擦啊或者小记事本之类的小东西，但这已经足够让凯琪兴奋了。

凯琪更看重的是荣誉呢。除了站在讲台上领奖让人羡慕之外，将老师发的小红花亲手贴在教室后面光荣墙上更让人倍感骄傲。每次看到自己的名字后面又多了一枚小红花，凯琪心里比喝了蜜还甜，那一串夺目的小红花多么像电视里老红军爷爷胸前缀着的神气的军功章啊。

最让凯琪兴奋的莫过于放学回家时得到爸爸那温暖而有力的拥抱了。只要是颁奖，老师就会在第一时间将学生们的领奖照片发在家长微信群里，所以老师用手机照相时，凯琪总是笑得特别甜。那是对着爸爸妈妈笑的，因为他们能第一时间看到呢。

可这一切竟然像魔术师变魔术一样，刚才还在手里扑棱扑棱拍打着翅膀的小鸟，经魔术师用红布一罩再猛地一抖开，竟然就消失不见了。一起消失不见的还有爸爸脸上和蔼可亲的笑容。爸爸是爱凯琪的，这一点毋庸置疑。从凯琪记事开始，爸爸就没有骂过她，更别提动手打她了，印象中只要是凯琪想要的，爸爸还从来没有让她失望过。然而，当那一张不及格的试卷被小心翼翼摆在爸爸面前的时候，凯琪感觉到一场暴风雨就要来临了。果然，铁青着脸的爸爸没能稳住情绪，将满是红批的试卷撕碎后揉成一团，咆哮着扔到了桌面上。也许是因力量过猛，那一团试卷竟然直接反弹起来，狠狠地击中了凯琪的额头，凯琪顿时放声大哭起来。

这一次，平日里无限温和的爸爸压根儿就没有哄她。

二

前不久，利用院子靠南的角落，阿嬷（外婆）用捡拾回来的废竹料搭了一个小鸭棚，里面养了四五只小鸭子。

此刻，妈妈正将剩饭和麦皮搅拌而成的鸭食端过去。

那些小鸭子跟小孩子似的，见到食物比见到自己的妈妈还高兴，嘎嘎地叫着，争先恐后地围上来抢食。

“唉，再过几个月，自己也得和那些小鸭子一样，互相抢食啦。”看着眼前的这一幕，凯琪暗自想。

记得阿嬷买小鸭的时候凯琪问过她：“阿嬷，我们为什么要养鸭子呢？”

阿嬷和蔼地回答：“傻丫头，养鸭子给你妈妈补身子用啊。”

凯琪装作不解，追着问：“为什么要给妈妈补身子呢？”

阿嬷用树皮一般粗糙的手抚摸着凯琪的头，叹了一口气，说：“到时候你就知道了！”

其实，不用等到“到时候”，凯琪就已经知道和明白了。当她明白的时候，眼窝里不知怎的，一下子汪出两团不争气的泪来。挣脱阿嬷怀抱的时候，那两团泪一下子流了开去，在脸上流成了若干条小溪，有的甚至流进嘴里，用舌头一舔，比药水还苦，比海水还咸。

最近，班里同学都在课间讨论生孩子的事情，说是国家允许生二孩了，大家很快就都会有弟弟或者妹妹了。起先，凯琪并没有在意，甚至觉得很无聊，那是爸爸妈妈的事情啊，与他们小孩子有什么关系呢？为什么大家都在聊这个啊？

直到无意中发现林老师的肚子慢慢大了起来，凯琪才觉得，这生孩子的事还真与他们有关。这不，林老师都说了，因为怀上了二孩，二年级的课她不能为他们上了，到时候会来另外一位林老师接替她。

那个时候，凯琪就隐隐有些担心——爸爸妈妈不会也要再生一个孩子吧？爷爷奶奶那么喜欢孙子，肯定会逼着爸爸妈妈生弟弟的！

回去问妈妈，妈妈正在做饭，不耐烦地说："小丫头片子哪里听说的，没有的事，一边做作业去。"

爸爸回来了问爸爸，爸爸衣服都没换，抱着凯琪和蔼地说："宝贝，就算是我们要给你生个弟弟，也会和你商量的，咱们家重大决策一向都是经过民主投票产生的，而且必须全票通过才可以付诸实施，你也拥有一张否决票啊！"

可凯琪不信。况且，想起否决票她就来气。

比如上次，凯琪吵着要买小天才电话手表，一家三口坐下来开会。结果，仅仅因为妈妈投了反对票，买手表的事就不了了之了。肯定不是爸爸妈妈出不起八百元钱，就算是他们出不起，自己攒起来的压岁钱也早就够了这个数呢。说白了，是妈妈不想给她买。生弟弟的事也一样，爸爸妈妈担心她使用否决票，所以根本没和她商量，就偷偷准备生弟弟了。最近爸爸妈妈去医院检查了好几次，每次都背着她，不让她知道，偷偷摸摸、神神秘秘的，肯定是有弟弟了，怕她知道，唉！

为什么不开会投票呢？要是开会的话，凯琪一定会投否决票的。

自己都八岁了，春节回老家时爷爷和奶奶看到凯琪都说“我们家的凯琪长成大姑娘了”，既然是大姑娘，爸妈怎么就不问问我的意见呢？

妈妈喂完鸭子，慢慢往回走。细雨把妈妈的衣服都打湿了，衣服沾了水，贴在身上，衬出略微凸起的肚皮——“弟弟就在里面呢！”

他出生后一定会和自己抢玩具玩，抢零食吃，就算是他不抢，爸爸妈妈也会偏向他的。以前一家人吃水果，爸爸妈妈总是挑最大的给凯琪吃，这下好了，妈妈一怀弟弟，爸爸就开始给她讲孔融让梨的故事，哪有那么巧？她算是听出来了，爸妈的意思是好吃的要让给弟弟呢！凭什么呀，是她凯琪先来到这个世界上的呀！凯琪委屈得眼睛都红了。

以前，要是看到妈妈淋雨，凯琪会立刻跑下楼为妈妈撑一把雨伞，或者拿一条毛巾为妈妈擦脸，妈妈总是夸她懂事，脸上洋溢着幸福的微笑。可如今，凯琪却一动不动，直到妈妈进门了，这才轻轻地放下窗帘，默默地叹口气回到书桌旁。

三

女儿学习是越来越不用心了，即使把她锁在楼上房间里也不顶用。就算是喂着鸭子，妈妈用背也能感受到二楼儿童房里窗帘被掀起的一角后女儿看她的目光。这可怎么办呢？再这样下去，只怕要出大问题。自己只是一个农村妇女，文化水平不高，孩子她爸也就上到高中，就指望着孩子学习上能自觉呢。孩子不自觉，做父母的总不能一直打骂吧？实在不行，日后就只能打工了。厦门大学虽不多，企业可不少哩！

可一想到女儿今后要打工受苦，妈妈的心针扎一样疼——自己走的老路怎么能让女儿再走呢？可不走又能怎样呢？

好事难相聚，坏事常碰头呢，最近家里的事就跟这句古话讲得一模一样。

先是自己体内长了个瘤子，别的地方不长，偏偏长在腹部，弄得跟怀了二孩的孕妇似的，这也没啥，就怕有个不好的结果。去医院里看了专家，检查了好几次，累得够呛。本来排队就很累了，好不容易排到了，医生稍作询问和观察，一句话就将人打发了："先做个彩超检查！"一个检查做下来，一天差不多就过去了。几个检查做下来，家里的事就完全顾不上了。

然后就是女儿的学习了。女儿从小懂事，幼儿园三年六个学期，每个学期都能拿至少一张奖状回家，而且是全班最大的那种。记得隔壁家秦梓潼的妈妈来家闲坐，看到凯琪的奖状像发现新大陆似的，口里一直唠叨着说："你们家凯琪的奖状怎么这么大呢？比我们家梓潼的要大很多呢！"回去之后，就听到秦梓潼歇斯底里的哭声。按照哭声大小判断，她妈妈下手还真不轻呢！可就是这么个一直令人称羡的女儿，最近却像是中了邪，简单的算术不会做，学过的汉字不会写，急死个人呢！

是啊！自己的问题其实不是什么问题，医生说了，很幸运，这仅仅是良性的肿瘤，只需做个简单的手术摘除掉就可以了。女儿的问题才是真的问题，现在小学的学习是打基础阶段，一天都耽误不得，万丈高楼平地起，基础不牢，地动山摇啊！

眼看着一年级下学期就要结束了，妈妈心里一点儿办法都没有。

农历四月初八，是闽南地区信奉的三宝佛祖佛诞日，每年的这一天，地处厦门同安的西山岩总是格外热闹，堪比过年。过两天就初八了，妈妈心里突然有了主意。

四

迷迷糊糊中，凯琪被爸爸叫醒了。

“起床，穿衣服！”爸爸的声音里透着不同寻常。

揉了揉眼睛，凯琪发现妈妈也站在床边。今天不是星期六吗？干吗不让人睡个懒觉啊，窗外的天还没有亮透呢！正嘟囔着准备发个牢骚，但一看到爸爸妈妈满脸严肃的表情，凯琪马上伸了伸舌头，强行把心里的牢骚话吞了回去，不敢再说什么。

下楼时，凯琪瞥了一眼挂在墙上的电子钟，乖乖，才五点多一点，这么早，难怪自己困得不行。啊，觉觉还没睡够呢。

刷了牙洗完脸，凯琪还没穿好衣服，就听见爸爸那辆摩托车在院子里突突地响着了。

“宝贝，快点，要出发了。”妈妈催促着。

上了摩托车，凯琪发现，妈妈准备了好多好吃的东西，水果啊，饼干啊，五花八门的，用一个大红袋子装着。除了吃的，袋子里还有不少香和纸钱。凯琪心想，今天估计是要去西山岩拜拜吧。

果然，爸爸的摩托车左拐右拐，最后还是拐进了去西山岩的那条水泥路。

西山岩下，大门入口处道路旁挂着一串串红灯笼和彩旗，几十个氢气球拉着红色的标语在半空摇曳，随处可见挂着胸牌的义工，连穿着制服的警察叔叔都出动维持秩序了，四处洋溢着热闹喜庆的气氛。从四面八方赶来上香祈福的老百姓特别多，摩托车和小轿车一会儿工夫就将山下偌大的临时停车场占领了一半。寺庙规定，任何车辆一律不准上山，人员必须乘坐由慈善人士专门提供的免费摆渡巴士上山进香。

巍峨的西山岩大门口，四五辆款式相近的中巴车整齐排列，挡风玻璃右上角均贴着醒目的红纸，上面用阿拉伯数字编了号，有个号码竟然是 10 号，看来至少有十辆车在拉客呢。上山的人虽多，登车秩序却井然有序，人满即走，丝毫不见滞留。

这场面凯琪并不陌生，闽南寺庙多，佛事也特别频繁，但像今天这么兴师动众的，凯琪还是第一次碰到。

一家三口拎着大包小袋往中巴车走时，司机已经在挥手催促了。

刚上车，车就启动了。赶得早不如赶得巧，一点儿都不耽搁。

“陈医生！”妈妈一上车就发现前不久去医院检查时的专家陈老医生也在车上，赶紧热情地打着招呼。陈医生却一脸茫然地望着妈妈。

妈妈指了指自己的肚子，不好意思地说：“良性瘤……”

“哦，你……你是小王。”陈医生显然是想起来了，脸上露出了一丝笑容。

“你这个瘤子要早点儿动手术，别拖久了，不然还有可能变得更大哟。”陈医生关切地嘱咐着。

一刹那间，凯琪什么都明白了。原来妈妈微凸的肚子里装的并不是弟弟，而是陈老医生说的什么良性瘤子啊！这时候，整车的人似乎都开始摇晃起来，他们谈论什么凯琪已经听不清了，泪水不自觉地浸湿了双眼。

凯琪悄悄接过了妈妈手上的红色塑料袋，哦，好重。

三宝佛像前，凯琪没有像以前那样调皮，而是认真地双手合十，跪在蒲团上，口中念念有词，庄重地许下了自己的心愿。前不久过生日吃蛋糕前，凯琪曾许过一个心愿，这一次，凯琪要把那个该死的心愿撤销掉。

回到家，简单地吃过早饭，凯琪就背着书包上楼了。一会儿，房间里竟然传来凯琪朗读古诗的声音，弄得爸爸妈妈面面相觑，满脸疑惑——这三宝祖师公也太灵验了吧！

“慈母手中线，游子身上衣。临行密密缝，意恐迟迟归。谁言寸草心，报得三春晖。”女儿的声音是那么动听、清澈，饱含激情，富有童真。妈妈认真地听着，这分明就是世界上最美妙的音乐啊，眼泪不禁夺眶而出。

星期一早上妈妈送凯琪上学时，凯琪并没有像往常一样马上进入学校。突然间，她将一张红色的纸条塞进了妈妈的手里，转身迅速向教室跑去。

妈妈将手中的纸条打开，笑了。尽管纸条上空无一字，仅仅只有一个“ √ ”，但妈妈还是心有灵犀地读懂了凯琪的意思：“妈妈，我一定会好好学习的！”

其实，凯琪还有另外一层意思：“如果生弟弟，我一定投赞成票！”

（刊发于 2017 年第 3 期《同安文艺》）

刀刃朝外

陈林埋单的时候出了点儿状况。

像掏空自己的心事一般，陈林把购物车里的商品一件一件地取出来，码放在收银台上，然后推着空车经过狭窄的过道，走到另一端的取货处。这个过程他做得极为缓慢，他知道收银员会扫一眼购物车，经意和不经意之间的方寸拿捏得恰到好处。这是超市的规矩，他不想出岔子，所以总是给够时间让收银员确认购物车已经被清空。没想到还是出了岔子。

“会员？”

“没有。”

“两百六十八块五毛。”收银员举起了扫码枪。

陈林投降般把手机凑了过去。在收银员往购物袋里放物品的时候，陈林已经打开了付款二维码。

“余额不足，先生。”收银员说这话的时候眼睛直视着陈林。

陈林大窘，收银员的这句话像渔民收网时的拉绳，一下子把周围人群的视线硬生生拉了过来。

一阵慌乱，陈林两只手急切起来，在上下各只衣兜里进进出出，直到摸到了钱夹。钱夹里并没有钱，但是有一张信用卡。陈林拿出信用卡，现场打开了微信，这才扫码过关。

微信支付的最大好处是方便，但坏处也显而易见——钱仿佛不是自己的，花超了不易察觉，比如现在。带现金虽不方便，但好处却相当实在——有多少钱揣在口袋里，就有多少踏实放在心里。

之前陈林从没出现过这种状况，但红梅离开之后，或者说他离开红梅之后，一切变得不同了。以前每次出门，红梅都会反复叮嘱他带上钱夹，而且时不时地塞几张纸币在钱夹里。还把“伸手要钱”的四字诀讲给陈林听，说“伸”是身份证，“手”是手机，“要”是钥匙，“钱”是钱包。陈林生气地说：“你是把我当老人了吗？”但生气的语锋却很软，他知道红梅是为他好，他甚至很享受红梅郑重其事地往钱夹里塞钱的样子，那是一个妻子该有的样子。如今，红梅走了，但随身携带钱夹的习惯陈林一直保留着，尽管里面大多数时候一张纸币也没有。

想到红梅，陈林心里莫名地酸堵，手上的购物袋也变得沉重起来。

两人之间并没有严重到不可调和的矛盾，但还是分手了，这让陈林很沮丧。陈林从没想过会跟红梅离婚，就算是吵得最凶的时候他也没有想过，问题是，他们分手时甚至都没怎么吵。现在陈林才明白，夫妻之间不吵架才是最可怕的，因为已经心如死灰，连架都懒得吵了。

“你去跟你的老乡过吧。”红梅说这句话的时候语气异常平静，就像是一个好朋友在提出自己真诚的意见和建议一样，丝毫听不出分手的意思。

陈林没有接话，他的老乡是个大老爷们儿，自然不可能一起过。红梅说的是气话，陈林当时这样想，大约她的气消了日子也就回归正常了。哪里想到，她的气消了，婚姻也跟着一并消失了。

红梅个子不高，白白瘦瘦的，薄嘴唇，戴着一副眼镜，外表看着柔柔弱弱，却是个硬性子的女人。平时和陈林吵架，自己错了总会主动道歉，或早或晚，要是陈林错了，则非等到他道歉了才算完事。否则该煮饭给你吃一样不落，该为你洗衣服也一切照旧，就是不说一句话，直到把你憋急了开口道歉为止。有时候陈林会想，大约是上天造人时把他和红梅弄反了。这次她更狠，连门锁都换了。刚开始陈林还收着力道轻轻敲门，敲了半个钟头没见反应，只得使劲捶门。结果，红梅没出来，邻居全给捶出来了。

红梅口中陈林的那个老乡叫徐进辉，个子不高，一米六出头，但很敦实，红梅叫他刀疤。一道疤痕斜斜地从他额头正中间划过右眼角，连右眉毛都被一劈为二，像条长长的蚯蚓卧在那儿，看上去颇为狰狞。第一眼见他的人都会在心里替他担心，然后庆幸，那伤口离眼睛实在太近了，刀锋如果再偏一毫，只怕眼睛不保。第一次见他，红梅就把陈林拉到一边咬耳朵，说这刀疤八成不是好人。大约是猜到了红梅会跟陈林说什么，徐进辉自我解释说那道伤疤不是跟人打架砍的，是小时候砍柴时，砍刀和木柄没结合好，结果砍刀飞脱出去，伤到了自己。见红梅不语，他又补了一句："我们老家的砍刀不是弯的，是直的。"然后看了看陈林。陈林默默地点了点头。

红梅自然是不信的。回到家，她用硬纸板裁剪出砍刀的模样，再用胶水粘在塑料柄上，模仿徐进辉所说的砍柴动作，试验了很多回，砍刀确实会飞出去，但没有一次刀刃朝外，更没有飞到头上。

"你看，这姓徐的就是个骗子。"红梅说。

"你这又不是真砍刀，砍的也不是真树，用的力道也不对，哪里能断定阿辉就是个骗子呢？”陈林颇不以为然。

见陈林满口阿辉长阿辉短的，红梅不乐意了：“人家不就是给你捎了几条老家烟，至于吗？”

陈林没话说了，因为红梅说的是实话，但也不全是这样。他陈林能给人家什么好处？不过一小老百姓而已，无权无势，人家凭什么捎烟给你抽？交的是朋友，换的是利益。按照利益交换原则，陈林几乎拿不出可以用来交换的利益，但人家阿辉每次过来都没空手，不是老家的烟，就是老家的腊肉。你红梅是本地人不稀罕，我陈林稀罕得紧。再说了，异地他乡的，老乡见老乡，不是两眼泪汪汪吗？尽管陈林在肚子里打了一大堆腹稿，嘴里吐出的却是：“就算是真被人拿刀砍伤的，又有什么打紧，哪个人不要个面儿，找个借口掩饰一下也是人之常情嘛。”

“你早晚会在他身上吃亏的，不信等着瞧。”红梅丢下了这句话，像丢下了一个包袱。

如今包袱解开了，陈林果然就吃了亏。陈林再仔细回想他和徐进辉的交往过程，仿佛一切都是被事先安排好了似的。

徐进辉第一次带烟给陈林，只捎了两包，但陈林已经非常满足。黄鹤楼 1916 哦，一百一包，传说中的天价烟，陈林之前没抽过。徐进辉说：“这次回老家时间比较赶，只带了一条，散给这边的朋友，别人一包，老哥你两包。”徐进辉说得轻描淡写，陈林听得却感激得不行，觉得徐进辉把他当成了双份的兄弟。徐进辉便留他吃饭，两人你一盅我一盅，就着一小份水煮鱼竟然把整瓶老泸州给喝了个底朝天，难得的是陈林还没醉。陈林酒量差，喝白酒的最高纪录是四两，创纪录的那天醉得人事不省。第二天起床，怎么也回想不起来头天晚上离开饭馆之后到底发生了什么，真正地体会了一把断片的感觉。想到“断片”两个字，陈林就后怕，能不怕吗？明明是自己生命中经历过的事情，记忆却像电影胶片一样生生被剪断，要是中间发生点儿危险，后果不堪设想。

事情就是这么诡异，四两断片的陈林那天足足喝了五两，还感觉舒畅，酒醒后记忆可以用流畅来形容。用徐进辉的话说，就是“缘分到了，千杯不醉”。

徐进辉并不经常跟陈林联系。一年就那么几回，几包烟、一盒恩施云雾、一条腊鱼或者一块腊肉，但总是在陈林感觉好久不见的时候出现，硬是把两三年的时光无缝衔接成“友情在线”状态。仿佛间隔一段时间往一杯水里续开水，续来续去，杯子里的水始终是热乎乎的，陈林的心自然也是热乎乎的。

两人的“缘分”是从一次追尾开始的。那天他开着小花花（丰田花冠车）往岛内急赶，只顾着看时间，没注意到与前车的间距，结果在立交桥上桥的匝道处，咣当一下子干上了前车的屁股。定睛一看，顿时腿软，撞上的是一台丰田皇冠车，心里不禁暗暗叫苦。下来的就是徐进辉，戴着个墨镜，穿着件T恤，一身腱子肉把T恤撑得饱满，一副混社会的样子。眼镜一摘，那道卧在眼角的疤虫在阳光下格外醒目，仿佛吸收了太阳的能量，又苏醒了过来，竟有种在脸上游动的错觉。

徐进辉盯着自己的车屁股仔细看，陈林也趁机凑到跟前看仔细，心怦怦狂跳。还好，老皇冠不过掉了点漆，车皮没有凹陷。

“这个，这个，不好意思，啊，先生，要私了还是报、报案？”大概是有些忌惮徐进辉头上的那条疤虫，陈林的舌头直打结。

“私了怎么个了法？”对方倒是爽快。

“五百块？你看行不？”陈林心里估算着要八百块，却摊开右手，伸出了五个指头。

对方没回答他，却问道：“你是湖北的？”

陈林一时之间搞不清楚对方到底是何用意，也来不及思考，便老实回答说：“对，对，恩施的。”话一出口，脑子顿时反应了过来，“兄弟也是湖北的？”

“恩施的哩。”徐进辉的话没刚才那么冷了。

“既然是老乡，就五百块私了吧。你看后面的车都快堵到红绿灯路口了，我也不能耽误您宝贵的时间不是。”陈林的舌头明显活泛了，明明是自己赶时间，却在话里替对方考虑。说着，还用手指了指远处的路口。

“既然是老乡，五百块就算了，不瞒老乡，我这车一万八买的，掉个漆不碍事。”徐进辉的话着实让陈林喜出望外。看上去挺凶神恶煞的一个人没想到这么直爽，真不能以貌取人啊。

两人互留了电话，各上各车。

陈林很珍惜他和徐进辉之间的这段缘分，尽管红梅一直在他们身边冷嘲热讽，但徐进辉并不计较。要说陈林和红梅之间有什么大的隔阂的话，可能就是地域隔阂了。陈林是湖北恩施人，而红梅是厦门本地人，陈林住在农村，红梅住在城里。第一次红梅介绍陈林给她闺密认识时，闺密搞不清楚恩施是什么地方，红梅补了一句：“就是神农架，听说过吧，出野人的地方。”说完了，闺密就笑着说知道了，笑得很含蓄。陈林心里颇有些不爽，什么叫“出野人的地方”？但碍于闺密在场没有发作，只是跟着讪笑了几声。

那个时候陈林和红梅感情尚好，从来没有隔夜仇，结婚后那阵子也是。直到陈林的父母从老家来了一趟，矛盾便开始隔夜了。陈林的父母爱吃辣，几乎没有哪道菜不放辣椒的，连炒个青菜也得切点儿红椒丝下去，搞得红梅相当恼火。红梅家境一般，但好歹也是特区人，便公开抗议。其实，红梅也是能吃一点儿辣的，但她受不了公公婆婆的不尊重——你就不能先问一下你的儿媳吗？问都不问，算哪门子事？

陈林父亲的回答让她更恼火。

“吃不了辣怎么做俺陈家的儿媳妇？回到村里人家会笑话咱的。”

你看，这是什么话。你们陈家又不是什么望族豪门，还为儿媳妇立规矩？这也算了，是村里人的看法重要还是儿媳妇的身体重要？怎么为了村里人的所谓看法就非要逼得她吃辣呢？这简直就不是愚昧那么简单了，而是不尊重妇女了。

而陈林的跟风简直是往火上浇了一瓢油。

眼见着红梅涨红着脸，陈林知道她要发作了，生怕她说出什么大逆不道的话来，便赶紧打圆场说：“这个，老家的风土人情我们还是要尊重的，这个，人家都这样，我们总不能让人家说闲话。再说了，回去的话简单吃几口就行，实在是辣的话，还可以去厕所吐出来……”

闻听此言，红梅彻底发了飙：“去！去！谁跟你去！要回去你自个儿回去！”撂了这句话，便摔门进了屋。也许房门哐当的声音实在太大，气得陈林父亲捂着胸口半天没缓过劲。

第二天一大早，天还没亮，陈林父母便收拾行李离开了。那是二老第一次来厦门，也是最后一次来。陈林结婚的时候二老本来要来，奈何因事来不了，二老便建议婚期延后，红梅死活不肯。那时候估计二老心里就不大顺畅了，被红梅的话当头一击，他俩哪里还在厦门待得下去。但老人离厦的时候，还是拉着陈林的手说："孩子，是我们待不习惯，不是生红梅的气，丫头是个好孩子，娇是娇了点儿，日子是你俩在过，只要你们好，她愿回就回，不回不打紧，咱不逼她。咱娶了人家，就得负责一辈子……"

老人话说得发颤，硬是把陈林的眼泪给颤了下来。

打那时候起，陈林就在心里暗暗发誓，一定要跟红梅把日子过好，让两位老人放心。问题是两口子过日子是一件复杂的事，不是两个人睡一张床那么简单，光有良好的愿望还不行，还必须经得起各种风浪的考验，比如陈林跟徐进辉等老乡交往就是其中的一种。

在徐进辉之前，陈林也认识不少在厦老乡，大多是跟陈林一样在工厂打工的人，有几个甚至就是跟陈林一个县的。大家口音相同，习惯相同，地位相似，自然走得勤。老家人爱搓个麻将，聚在一起除了吃吃饭，少不了坐在麻将桌前搓上几圈，仿佛不搓几圈就不是一个圈子里的人似的。刚开始红梅还只是发发牢骚，甩甩脸子，后来见这些都不管用，便逐个儿打电话给陈林的几个老乡，告诫他们不要跟陈林打麻将，免得把陈林带坏了。消息传到陈林耳朵里，陈林很是生气，这等于背后给了他一拳。老乡越是避着他，他越是主动找上门去，直到有一天大家搓得正酣，红梅突然闯了进来。好家伙，二话没说，红梅直接将桌子掀了个底朝天。麻将牌骨碌碌散了一地，像一个个塑料小人在地上跳跃，好半天才停下来。所有人都惊呆了，一动不动，仿佛身子被施了魔法定了形。这无异于当众打了陈林一耳光，而且非常响亮，响亮到很久以后陈林时不时还会不自觉地摸自己的脸。

从那之后，陈林跟老乡之间基本断了往来。过了好长一段时间，等陈林跟红梅的感情又续上了，他和老乡的交往依然没有续上。老乡在背后议论他，说没见过红梅这么强悍的闽南女人。陈林隐约听到了这些议论，他知道，那些话表面上说的是红梅，其实是在骂他，无非是说没见过像他这么怕老婆的湖北人罢了。怕老婆有什么不好呢？怕老婆说明心里有老婆，这是一种尊重，一种坦诚，一种信任。陈林并不在意这种议论——他只是众多湖北人中的一个，哪里能代表全体湖北人呢？何况，他也意识到，与其把大把的时间花在打麻将上，还不如去干点儿有意义的事情，比如复习迎考，运气好考个公务员也说不定。红梅说了，他好歹也是读过大学的，总不能一辈子在工厂打工吧。这话红梅说过不止一次，但问题是陈林考了也不止一次。第一次只差几分，随着考试次数的增加，分数竟然不升反降，更讽刺的是，还是以等差数列的方式往下降，整到最后，心气儿都整没了，陈林只得暂停。

从某种意义上讲，红梅掀桌子是对陈林那些打工老乡的轻视和看低，但徐进辉和他们不一样，他是做生意的，虽然生意不大，却是在厦门有房本的人。陈林去过他的房子，很旧，楼梯扶手还是铁的，锈迹斑斑，估计是 20 世纪 90 年代初哪个单位的集资房。六层楼，没有电梯，徐进辉住在最顶层。陈林气喘吁吁地爬上去后，徐进辉不好意思地说："让兄弟受累了，这些年生意还算平稳，我又贷款买了一套新房，在香溪里小区，十八楼，带电梯，等装修好了，兄弟就不用爬楼梯了。"陈林羡慕得不行，香溪里小区是最近刚开盘的楼盘，火爆得一塌糊涂，他和红梅去看过，看房过程中红梅的眼睛一直睁得溜圆。他想，和这样的成功人士交往红梅应该不会反对吧，但她依然不赞成，理由竟是让陈林哭笑不得的"看上去不像好人"。

陈林脑袋里理着这些乱麻，气喘吁吁地提着从购物袋上到三楼，掏出钥匙开了房门，正准备进去，房东刘姐不知从哪里冒了出来。

“小陈，你的房租该交了哦。”刘姐不像以前那么热情，声音透着一股寒凉。陈林正准备解释，刘姐已经扭身下楼了，一堆话只好全堵在了喉咙口。

被红梅撵出来后，陈林搬了出去，在公司附近的城中村租了个单间，勉强对付。说好了房租一个季度交一次，哪个月交都行，现在才七月份，第三季度刚开始，怎么就火急火燎地开催了呢？唉，生活就是这样，你要不顺吧，什么都不顺，葡萄似的一来一大串。暂且不去想这个了，还是想想怎么先把信用卡还了再说。自从徐进辉跟陈林借了四万块钱之后，他就一直疲于应对和红梅感情纠纷的事情。如今分道扬镳已成事实，这才惊觉几个月过去了，徐进辉那边竟然一丁点儿音信都没有，不应该啊。徐进辉可是拍着胸脯保证过的，就借一个月，先把装修工人的工钱结了，等客户的货款回笼了，立马还钱。掐指一算，春节都过去四个多月了。想到这儿，陈林的脑袋开始发麻，赶紧发微信，没回。再发，仍然没回。干脆语音，不接。打电话，关机。一种不好的预感和红梅那句“看上去不像好人”的评价竟然一齐从脑海中冒了出来。

打电话给徐进辉老婆，总算是通了，可他老婆的一席话大棒一般直接将陈林砸蒙了——他俩竟然离婚了，而离婚的缘由竟然是徐进辉借高利贷赌博。

“你们那两套房子呢？”陈林抖着声问。

“一套按揭还没还完，哪来两套房子？”电话那头女人的声音一下子高了一个八度。陈林摁断了电话。

那四万块钱大约是被这姓徐的骗去还高利贷利息去了，这个王八蛋，骗走了四万块钱不说，还害得自己离了婚。怒火中烧的陈林抬脚踢门，力度太大，门扇砰的一声砸在门框上，整栋楼都颤了一下。性格直爽的房东刘姐竟然没有一丝反应，反倒是一个男声很久之后才冒了出来：“有病啊！”

本想直接怼回去，但陈林觉得自己也许真的病了。他有些弄不明白自己拒绝过徐进辉一次，为什么就不能拒绝第二次。

其实，第一次徐进辉跟他借钱时陈林算不上拒绝，他仅仅只是陈述了一个事实，即他的四万多块闲钱正躺在银行里理财，满打满算三个月后到期，没到期赎不出来。陈林没问他借钱干什么，既然没法借给他，就没必要问，问多了反而显得虚伪。

本以为事情就这样了，没想到九十二天一到，几乎是掐着日子踩着点儿，徐进辉找到厂里。这回陈林倒是问了他为什么借钱，徐进辉说春节马上要到了，想先把工人工钱结掉，好让工人回家过年。陈林二话没说，直接用手机银行将四万块钱转账给了他。徐进辉执意要写欠条，陈林拗不过他，到财务室借了纸笔。写好欠条，徐进辉还在名字上摁了个大大的手印。正是徐进辉郑重其事的态度让陈林打消了告知红梅的念头。

陈林转账的时候心里是闪过一丝后悔的，他后悔自己之前不该告诉徐进辉理财的事。直接说没钱就完事了，非得多一嘴，这下好了，等于自己给自己挖坑，理财到期你不借就显得不厚道了，只得硬着头皮往坑里跳。不过明明有钱却说没有，他陈林是无论如何也做不出来的，何况徐进辉还是老乡兼兄弟。好在只借一个月，开春了，人家自然会还给他。

红梅无论如何也不会想到陈林会背着她借钱给徐进辉，并且是在她三番五次告诫过陈林徐进辉是骗子的情况下。徐进辉是不是骗子对她来说根本就不重要，她看重的是夫妻之间的尊重、坦诚和信任。

她还记得那天晚上陈林似乎很累，洗了澡就去睡了。将衣服放进洗衣机之前，红梅照常把衣服里的东西清一清，理一理，这时她看见了那张借条。一瞬间，她看重的东西没有了，消失了。她撕碎了借条，过了片刻，她平静地走到陈林跟前，说出了那句话："你去跟你的老乡过吧。"

半年过去了，红梅偶尔会想起自己说过的那句话，也并不觉得那句话有什么毛病。直到有一天，她去旧货市场淘货，无意中看到了一把玩具砍刀，塑料材质，带柄的那种。直刃，通体黑色，大约是万圣节的用品。心下一动，便把它买了下来，回家后将刀身和刀柄割断，然后再用布头绑上，郑重其事地往玄关的立柱上砍，先是轻轻地，然后加力。一次，两次，三次……

终于，刀身如愿飞到了脸上，这次刃口朝外，奇怪的是，红梅竟然没感觉到一丝疼痛。

莫名其妙的微信

“蓝帅，上午好。”

手机里跳出这条微信时，我恰好正在浏览微信。发信息的是一个昵称为“莫茗”的女人，微信头像相当陌生，我备注的是“鑫玫彤的莫茗”。

我正准备回，第二条又地鼠似的冒了出来：“我是小莫，您还记得不？”

“记得啊，鑫玫彤的小莫嘛。”我第一时间回了过去，感觉自己好像砸下了木槌。

不是我真的记得，退一万步讲，就算真的记得，我也不大可能在几秒钟的时间内将“鑫”“玫”“彤”这三个相对生僻的汉字捏合在一起，再和小莫这个称呼无缝对接。我只不过是在备注里写明了这些罢了。我有在互加微信好友时及时备注信息的习惯，这个习惯让我总能在对方抛出“猜猜我是谁”的问题时瞬间回复，且细节爆表，想不被对方以为我不记得他（她）都难。

“哇，谢谢蓝帅记得我，感恩。”后面跟了一个抱拳礼的手势。

我其实对她没什么印象。毕竟，加她微信五年多了，几乎零交流。之所以说“几乎”，是有一次我发了一张关于美食的朋友圈，她没有点赞，却跟了个流口水的表情，仅此而已。当然，非要说有点儿印象也是行得通的，那就是她长得非常漂亮。人之常情嘛，正常男人都会对美女多看一眼，何况我还是一个比正常人更正常一些的男人。你懂的，我说的是哪个方面。别想歪了，我说的是审美。

我姓蓝，我喜欢别人称呼我蓝帅，不管别人是有心还是无意，这让我觉得他们的第一审美没问题。

似乎是在一个饭局上认识她的。谁带她来的不记得了，只记得有人要加我微信，我打开了二维码名片给对方扫，她借机把手机凑了过来。我没有拒绝，经过仅仅一眼的鉴定，大美女便成了她的固定前缀。哪有拒绝美女的道理呢？天理不容！记得当时一阵香风袭来，淡淡雅雅的，沁人心脾，我深吸了一口，竟然恍兮惚兮。

“有事？”怕她等得太久，醒过神来的我赶紧发了两个字过去。

“是的呢。”

“最近忙吗？”

好家伙，一次又冒两条出来，我刚编好“什么事”准备发过去，见她又问我忙不忙，只好删了重新编写。

“忙得晕头转向，现在经济形势不好，根本闲不下来啊。”我点完发送键，突然意识到这些回复内容实在称不上幽默，便补了一句：“幸亏我的脖子好使，脑袋还算清醒。”

果不其然，对方立刻奉上了三个露牙大笑的表情包。

我对我的随机应变打满分，同时也对她的心领神会打满分。这才是微信交流该有的样子嘛。

交流到这里，她依然没说是什么事，看来，这件事情怕是不方便在微信里讲。我等着她接着往下说，以我的经验，她一定会的。

“啥时候方便，过去拜访您。”她果然回到了主题上。

“下午就方便。”我回答。

“明天上午去找您可以不？下午我要开会哦。”

我有些扫兴，没有马上回——哪有求人自己定时间的，这意味决定权被她攥在了手里。好在，她是美女，是美女都可以且应该被原谅。而且她的那个“哦”字令我浮想联翩，就好像她当着我的面在撒娇一样，我甚至听到了尾音拖得老长的发嗲声。

过了片刻，我回道：“好。”

这个片刻是我刻意给她的，无非是要让她觉得我很忙，要思考一下第二天上午是否有重要事项待办。

我的目的达到了。

她说：“谢谢蓝帅，我知道您是个大忙人，那我们明天上午见咯。”

我回了个 OK 的手势。

她回了两个。

这是发生在昨天上午的事。昨天下午我的精神格外好，好几个部属都对我说，蓝科，今天气色真不赖。废话，我哪天气色差过？不过，我并不认为他们说的是纯粹的恭维话，他们一定是瞧出了点儿什么，只不过，他们不知道我今天要和谁见面而已。一想起这个，我的眉梢就轻微上扬。

说到底，是莫茗的预约让我度过了心情美好的一天。包括昨天晚上，我在睡前努力回想她的样子，尽管尝试了好几次也一无所获，但这反而更助长了我迫切想与她见面的愿望。这真的有些莫名其妙，和她的名字对上号了。问题是，我早已经过了轻易对异性心动的年龄，实话实说，我是一个年近知天命的男人啊。更大的问题是，我根本不知道她找我所为何事，连鑫玫彤这家公司是干什么的都不知道，典型的一问三不知。

也许是想得累了，我很快就睡着了，竟一夜无梦。

我不知道我为什么会对一个即将到来的寻常约会如此兴奋，我甚至在早上起床时莫名其妙地感到欢愉，那是一种鲜花在心湖中徐徐开放的感觉，刮胡须的时候我不自觉地吹起了口哨。我甚至有些感谢起她来，如果不是她将见面的时间定在今天上午，我的好心情不会持续这么久。

走廊上我对每个同事都报以微笑，他们受宠若惊地点着头。不用回头，我就知道，他们一定会回头看我，然后相互之间扮个鬼脸，露出不可思议的表情。在部属面前，我一直收着，难得让他们见到我随和感性的另一面——就当是莫茗要来我送给他们的福利好了。

然而，随着沙漏一点一滴地落下，莫茗竟然再没有新的信息过来。猫爪挠心啊，我想问她到哪里了，终是打住了这个念头——一个老男人，那么不矜持，会让人家小姑娘笑话呢。

当时间的指针指向上午十点时，我有些坐不住了。在办公室里来回踱了几步，我突然想到，她大概是不知道我上班的地址呢。这个傻女人，怎么连这么重要的事情都忘了。这么一想，我赶紧掏出手机，把地址发了过去。然后长出一口气，死盯着手机，看她怎么回。

她什么也没回。风吹过树叶，树叶会晃一晃，但她这片树叶大概是铁做的。或许她手机设成静音了，没有听到？或许她在开车，不方便回微信？或许她已经到了楼下，用不着回？不会出了交通事故吧？天，我怎么连这么老土的桥段也想得出来，呸呸呸，就算是人家不回微信，我也不能诅咒人家啊。或许……或许……或许……一千个或许在上午十一点半到来时都烟消云散，取而代之的是愤怒，无法遏制的愤怒。单位食堂十一点半开饭，看着同事们鱼贯地朝食堂方向走去，相互间有说有笑，我的愤怒达到了顶点，把公文包狠狠地摔在桌上。有那么一刻，我甚至下定决心直接将这个莫茗从微信好友里删除，就当是对她不守诚信的惩罚。但如果真那样，我也许一辈子也不会知道到底是怎么一回事了。

中午我破例没有午睡。

下午一点过五分，她终于发来了微信："蓝哥，不好意思，上午集团领导来检查，我忘记提前跟您说了。真是不好意思啊。"

下午两点整，我给她回了微信。我本来不打算回的，以其人之道还治其人之身的礼尚往来我还是懂的。就算是集团领导来公司检查，难道你连上个卫生间的时间也抽不出来？回个微信说临时有要事来不了有那么难吗？说到底，是我比她更看重这次见面罢了。换言之，她也许只当这是一个普通的会面而已。想到这儿，我有些失落，情绪立马结了一层霜，人蔫了一半。

斟酌半天，我最终回了两个字："没事。"此刻，除了把大度的形象撑住，我似乎别无选择。况且，我们之间并没有约定具体时间，这也是我的失误。

微信刚发出去，她就接了："蓝哥，下午有空不？我过去找您。"为了稳妥起见，这一次我直接把时间敲定下来："下午我有个事要出门，如果过来，最好三点之前到。""那我现在就过去。我都有些迫不及待地想见到您呢。"她几乎是秒回，大约她的那些文字早就打好了，随时准备发送。

我放下手机，起身，开始整理衣衫。我想，她大约也是一跃而起，迅速进了化妆间吧。

在办公室等待莫茗时，我一遍又一遍地回看我和她之间的微信聊天记录，总觉得这事透着蹊跷和古怪——有什么事情是电话里不能说清楚而非要见面聊的呢？奇怪归奇怪，好在三点快到了，一切就要水落石出了。在翻看聊天记录时，我竟然还有了意外的惊喜——后面两条微信她没再称我蓝帅，而是改口叫我蓝哥，这传递的是什么信息呢？细嚼慢咽“蓝哥”两个字，我的脸微微发烫起来。

三点到了，莫茗没有出现，微信里也没有。

我其实根本就没有出门的计划，但我还是把公文包翻来覆去地整理了几遍，并来回在办公室走动。我想，万一她突然出现了，见我这个样子，一定会瞬间懂得我一直在等她，不然早就出门了。

然而，过了半个小时，她依然没有出现，微信里也一潭死水。我不知道这到底是怎么一回事，愤怒像涨起的潮水再次在胸中升腾起来，但这一次潮水很快退去。我已经出离愤怒了，和美女发生点什么的想法已经彻彻底底地沦为幻想，我只想知道她为什么一而再再而三地失约。在我接近五十年的人生阅历里，还是头一回碰到这么奇怪的事。我甚至想好了她突然出现在我面前跟我道歉时我的行为和语言，我会一边往办公室外走，一边对她说：“不好意思，我有个会。”然后头也不回地在她面前离开。

然而，她连这个机会都没有给我。

五点半，同事们陆陆续续下班离开。刚开始还能听到关门的声音、说话的声音、脚步的声音，直到这些声音渐渐远去，周遭安静下来。痛苦的是，我不能和周遭保持同步。

离开办公室时，天已经黑透了。我给陈亮打了个电话，约他老地方见面。

老地方是一家叫熊如意的中餐厅，我泊车时，陈亮已经等在那里了。我把这两天发生的事像倒水一样一股脑儿倒了出来，陈亮一句话也没接，只是听着，很认真地听的那种，眉头一直蹙得紧紧的。菜都上齐了，他跟我一样，没动一筷子。

“兄弟，你告诉我，这算哪门子事？”来龙去脉讲完了，我丢下问题，不等他回答，端起啤酒杯一饮而尽，仿佛答案都在酒水里。

陈亮是我的发小，我们之间知根知底，无话不谈。我有问题找他，他总是随叫随到，他是我唯一一个也是最后一个最忠实也最可靠的朋友。我和前妻离婚后，很是消沉了一阵子，要不是他一直陪在身边安慰我，我很可能走不出来，见了阎王也不一定。

“很简单啊，用语音问问她不就得了。”他的方法倒是直接。

“我开不了口。”我说，“再说了，人家也许根本没当个事，我这么一问岂不是被她轻看？”

“那我打电话给她，先探探口风。”他建议。

“人家问你是谁你怎么说？”

“就说打错电话了呗。”

“可我连她电话都没有呢。”我两手一摊。

“你呀，一旦陷进去了就少根筋，这不是她电话是什么？”陈亮手指着莫茗的微信名点了点，我这才发现，她的微信名后面还跟着一串数字，一数，刚好十一位，不是电话号码又是什么？

电话拨通了，我按捺不住内心的狂跳，侧耳屏息，生怕漏掉那端传来的哪怕一个字。

"喂，你好……"陈亮捏着嗓子，一副公事公办的样子。

"你谁呀？找我老婆做什么，找死是不是……"电话那端猛然传来一个男人粗鲁的质问声。我和陈亮面面相觑。我赶紧示意陈亮挂断电话，还没等陈亮反应过来，那边已经先挂断了。核了好几遍电话号码，没错啊。

我和陈亮开始喝酒。

此时说话是多余的。事情已经很明显了，这个莫茗虽然人长得漂亮，气质也出众，奈何遇人不淑，嫁了个混账男人。而且，他粗鲁地拦截了妻子的电话。由此推之，她的手机很有可能被他控制了，更进一步推测，莫茗本人说不定也被这个男人禁足了。

"家暴。"我和陈亮同时喊出这两个字。

"报警？"我问。

"报个啥子警哟，我的科长大人。"陈亮端起的酒杯赶紧放下，"到底是怎么一回事还不清楚你就报警，再说了，人家两口子的事你跟着瞎掺和什么？"

"怎么就不能掺和了？"我说，"这叫社会责任，这叫见义勇为。"

"她不漂亮你还会见义勇为吗？"陈亮问。

他这一问问到点子上了。我说："她如果不漂亮，我连微信都不会让她加。"

"这不就得了。"陈亮说。

"什么叫'这不就得了'？"我觉得陈亮话里有话，追问道。

"你忘了小琴为什么要坚决跟你离婚？"

小琴是我的前妻。离婚后，我讨厌任何人跟我提起我前妻的事，包括陈亮。

“为什么？”我问。

“因为你不能给她足够的安全感。”说完这话，陈亮离开了座位。我以为他去上厕所，谁知道他径直走出了餐厅，头也不回。

真是莫名其妙，莫名其妙的微信，莫名其妙的世界，我，小琴，莫茗，还有这个陈亮，全都莫名其妙。我苦笑起来，端起桌上的啤酒，刚送到嘴边，突然将杯子狠狠地朝地上摔去。

伴着酒杯碎裂的巨大声响，啤酒和玻璃碴四溅开去。我看到吧台后面老板的口张得大大的，一脸莫名其妙的表情，仿佛另一个我。

（刊发于2022年第12期《短篇小说》）

房新兵，你还好吗？

这件事情在我脑壳里存放很久了。多久呢？这么说吧，你去买一杯奶茶，添加了百香果的那种，摇一摇之后不去动它，你会发现，那些百香果会慢慢下坠，沉淀，如果时间够久，它们就会沉坠到最底部，仿佛被时光的琥珀封冻住一般。是的，这件事情就如同沉坠到奶茶杯最底部的百香果，早已被各种新鲜的记忆层层掩埋，以至于我以为它根本就没有发生过。直到有一天，奶茶杯突然翻倒了，一阵剧烈摇晃后，那些百香果从最底部涌到了最顶端，我才惊觉它一直都在，从未远离。

我思忖再三，最终还是决定把它快递出去。

我不知道局长住哪栋楼。我只知道他居住的那个小区大得很，紧邻夏州最美的河流——芸溪，名字美得跟公园一样，不像话，竟然就叫芸溪居住公园。这种名称，也许只有天才的房地产营销设计团队才能想得出来。当然，愚蠢如我的小市民也能想得出来，前提是，如果去掉标志让我置身其中的话。只不过区别在于人家是事先设计，而我是事后感叹——实在是太美了，美得跟公园一个模样。

说是公园，却只对小区内业主开放，由近十栋中高层住宅组成。这里的保安绝对配得上“保安”二字，他们的眼神够警惕也够犀利。好几次，我紧跟在准备进大门的业主身后，试图混进公园，他们一句“你住哪栋哪梯”就把我请出去了。次数多了，我估计保安已经能认出我并把我归入不安全人员名单了，便只好灭了上门送礼的打算。

以前我没觉得局长有多么重要。这当然不是说局长不重要，而是说我和他之间几乎没交集，从哲学的意义上讲，没交集和不存在的本质高度趋同。当然，没交集也是有原因的——我一个社会保险中心坐窗口的办事员，每天接触和面对的都是急着办事的群众，他们急，我自然也急——有限的时间内多办一个是一个嘛。成天忙得脚不沾地的，哪有时间和他发生交集。我这么说一点儿也不夸张。每天上班，我的屁股只要往椅子上一坐，立马就和它黏成了一个整体，仿佛椅子上涂抹了胶水，就连到身后几米远的柜子里取资料我都懒得起身。我的办公椅是下面带脚轮的那种，双脚一蹬，连人带椅子便滑了过去，再一蹬，一个美妙的弧线加旋转，身子又回归了工位。整个过程异常流畅，持续时间不超过三秒。

你可能会问，上班时间接触不到领导情有可原，可是下班时间你干吗去了？这真是问到点子上了。我这么答复你吧，下了班我还得照顾尚在幼儿园就读的二丫头，谁叫我是出了名的遵规守纪的人呢？2016年国家鼓励生二孩时，我已经四十二岁了，老婆小我两岁，也跨过了不惑之年的门槛，但我们还是决定响应国家号召，生了二孩，八小时以外基本就围着她转了，哪有闲工夫打听局长住哪里？再说了，我始终相信一个事情——就算是我不找局长，到了我该调整该晋升的时候，局长也会发扬民主尊重民意，充分听取社保中心主任副主任的意见，选择工作最踏实、群众基础最好的人上。我的工作两个主任可都是看在眼里的，大会小会没少表扬我，既然如此，干吗还去找局长呢？

但现在我开始懂得局长的重要性了。上面分给社保中心三个四级主任科员的指标，比大家预计的要少。之前大家伙儿私底下揣摩，怎么着也得下来五个指标吧，毕竟，中心存着十个指标没动。因为特殊环境，这事已经拖了一年多。如果按正常进度，中心至少已经完成两个批次的职级晋升了。事实上，主任副主任也做好了上报五个晋升人员的初步名单，我被私下告知这个名单里有我。如今指标一缩水，矛盾便显现出来。这有些像那些小区里的人工湖，丰水的时候，湖面碧波澄澈，水一枯，湖底纷乱的酒瓶和垃圾便完全呈现在人们的眼前。人心一乱，主任副主任便放出话来：五个同志工作都不错，但僧多粥少，没办法，中心不定，由局里定。

局里定，那不就是局长定吗——这二者之间从现实角度讲，没有本质的区别。

我把中心领导的意见说给老婆听，老婆一听便叹了口气，说："惨了，没戏了。"

我问："怎么个没戏了？"

老婆说："你傻啊，五个人里头就你坐窗口，其他的四个都坐办公室。"

我说："这有什么，不正好说明我工作在一线，最辛苦，最不可能从名单里搬家吗？"

老婆拧着我的耳朵说："你真是老实的儿子回家——老实到家了，你仔细想想，你整天在窗口，有机会接触局长吗？"

我摇摇头。

"那他们几个呢？"

我还是摇摇头——不是他们没机会，而是我不知道。

“我看你真是脑袋锈掉了。”老婆摇摇头，丢下这句话气冲冲进了厨房。

我哪知道他们和局长的关系呢，这种事他们不说，谁会知道？我心里也憋着气，连晚饭也没吃。但晚上躺在床上像皮球一样翻来覆去地泄气时，我还是觉得老婆说得有道理——他们有没有跟局长攀上交情我不知道，但我知道我自己肯定没有啊，何况他们的确是更有机会和时间接触局长。这么一想，我睡不稳了。

周一一大早，我跑到银行柜员机上取了五千元钱。卡退出来的时候，我又把卡塞了进去，多取了一千——舍不得孩子套不住狼——六六顺嘛！我把六千块钱塞进准备好的信封里，我的计划是五点下班后，直接跑到局长办公室，放下信封就跑。那个点局长应该还没下班，局机关下班时间是下午六点。我必须在一个小时的时间里完成整个行动，时间有点儿急，但我很兴奋，我害怕我的兴奋撑不了一个小时，那会让我的计划半途而废。事实上，计划进行得异常顺利。区政府大楼门厅的保安很礼貌地告诉我，人社局机关在五楼，说完他又看了看我，问我是不是在行政服务中心社保窗口工作。我很诧异他竟然连这个都能看出来，看来能在区政府当保安的都是非同一般的人物。他解释说他去柜台办过事，是我经办的，还说我很认真，也很高效，是个好人。这让我突然脸红起来，哪有好人来送礼的？我逃也似的闪进了电梯，我必须说，电梯开门的时机恰到好处。我进电梯的时候，隐约瞥见他向我敬了一个军礼，我脑袋里嗡了一下，有什么片段在脑海里一闪而过。

到了五楼，我就是一个彻头彻尾的贼。在漫长的过道里，我低着头，一边走一边用眼角向上瞟，努力寻找着“局长”二字。我感受得到心脏对胸腔的有力击打，像老兵退伍时火车站站台上敲响的军鼓，发出沉闷却惊天动地的回响。谢天谢地，整个楼道里异常安静，我没有遇到一个熟人，即使遇到了，他们也不一定认得出我。

过道的尽头，我终于看到了一个挂着“局长”二字的木牌，它醒目地悬在一扇敞开的办公室门的门框上，轻微地晃动着，仿佛在向我招手。我没有丝毫犹豫，直接冲了进去，仿佛只有冲进去，才能避开过道里千百双藏匿于门洞之后的看不见的眼睛。然而，一进去我就傻眼了，屋里有人，还偏偏就是陈主任，陈主任坐在局长的对面，两人相谈正欢，我的突然闯入让他们的笑容一齐僵在了脸上。我像一个被赶上台的化着搞笑妆容的小丑，脸颊火辣辣地发烫，尴尬得无地自容，小声说“走错门了走错门了”，然后快速退了出去。千不该万不该，我还顺势将门也合上了。我的本意是轻轻用力合上，没想到却过度发力，门页和门框发出令人心颤的巨响。后来陈主任跟我说：“你不关门还好，一关门我就知道你是干什么来了。”陈主任给我留着面儿呢，那个时候，信封就攥在我手上，傻子也看得出来到底是怎么一回事。

是的，把信封快递给局长成了我抵达彼岸的唯一选项。

我把信封装进一本书里，这是一本我精心挑选的精装书，封面是硬质纸板的那种。至少从快递的外包装来看，我寄出的是一本书——亲爱的局长见识到这个创意时一定也会非常满意。

我又一次核对了局长的地址和电话，然后恭恭敬敬地填写在了收件人一栏里。在填写寄件人时，我犹豫了一阵子，最终还是写下了自己的大名和电话——这六千块钱几乎是我整一个月的工资啊。

办完这些，我把它寄了出去。收件的快递员离开后，我如释重负，开始想象着局长阅读这本书时的样子。在这个令人遐想和陶醉的时刻，一阵妖风刮进了脑袋，房新兵突兀地窜了出来。此刻，他摇身一变，幻化成局长的样子，面目狰狞，右手举起信封，左手指着我的脸，当着我和同事的面恶狠狠地大喊：“这个给我送钱的人，坚决不用！”

我莫名其妙地感到一阵窒息。

2002年的11月初，北国的寒流已经把触角伸到了南国的夏州，部队地处夏州的最北端，靠山，所以更冷寒一些。太阳已经掉到山的西边去了，山的阴影像一个巨大的漏斗把营房罩得紧紧的，仿佛那些寒气顺着漏斗漏进了阴影里。腋下夹着笔记本的我走着走着，不由自主地打了个寒战。队伍被连长带去跑五公里了，还没回来，我去团部开了个政工会，回来得有些早。

连值班员见我走过，立马从值班桌后站了起来，向我敬礼，我快速回礼，继续往炊事班的方向走去。这次的政工会和去年十一月份的政工会没啥大的区别，各级领导反复强调的无非是老兵退伍期间的安全稳定工作，这个我理解。每年的十二月初是老兵退伍返乡的日子，也是全团一年里最后的一项重大工作，谁都怕出岔子。这个节骨眼儿上如果真出了岔子，一年就白干了。不过小区别还是有的，就是团里给了每个连队两份义务兵党表，要求必须给到即将退伍的义务兵。这是即将退伍的义务兵的福音，不知怎的，我却对即将开始的老兵退伍工作多了一份隐隐的担忧。有些事情就是这样，没盼头还好，大家都没盼头，也就不会出什么幺蛾子。这盼头一来吧，意味着平衡被打破，名额只有两个，能吃到最后一颗葡萄的毕竟是少数，那些吃不到葡萄的才是多数。把多数人的心态打乱，又是在离开部队的临界点上，表面上解决了两个人的思想问题，实则制造了更多人的思想问题，这不是帮倒忙吗？

牢骚归牢骚，事还是要办的。

炊事班操作间里一派热火朝天的景象。帮厨的同志一部分忙着择菜洗菜切菜，另一部分正配合着厨师长老魏将一大盆切好的五花肉往冒着青烟的热油锅里倒。刺啦一声，肉一进锅，油烟腾起，油星四溅，老魏挥起铁锹一样大的铲子在大铁锅里来回翻炒，动作熟练而优美。他可是连队的宝贝，拿了等级厨师证的老厨师，团里招待所有接待任务总叫他过去露两手。临近老兵退伍，连长和我商量，把他从招待所要了回来，并从连队历年结余里拿出一部分钱改善官兵伙食。连长是老连长了，他有个经验——退伍工作完成的好坏和退伍期间的官兵伙食质量成正比。他这个理念我完全理解，比如过年，大家吃好喝好了，气氛融洽了，谁还会闹事呢？

放在以前这可能是个经验，但今年管不管用就不好说了，我长吁了一口气，背着手往菜地走去。菜地在炊事班的东边，跟炊事班隔着一片高大的桉树林。从桉树中间铺着石板的小路走过去，才走到一半，就听到身后有人喊“指导员”，我回头一看，是房新兵。穿着一身体能训练服的他肩膀上扛着一把锹，胳膊上、额头上的汗珠子密密麻麻，一看就是刚跑完五公里回来。好家伙，人家都忙着洗澡换衣服去了，他倒好，扛着铁锹修理地球来了。我点了点头，侧身让他过去，空气中飘着一股子浓重的汗臭味。

房新兵是河北大名人，忒老实，能吃苦，也勤快，在今年即将退伍的十八名退伍兵中能力素质可能是中游，但思想觉悟绝对是一流，开政工会的时候，我脑子里跳出来的第一个人选就是他。毕竟，选士官可能更看重能力水平，但选党员看重的可就是战士的思想觉悟了。

“早点儿回去洗澡，别感冒了！”我喊了一嗓。已经在菜地里忙活开的房新兵瞬间立正，大声回答：“是！”说着，竟然还敬了一个军礼。“臭小子！”我心里骂了一句，转身往回走。

往回走的时候，我突然想起连长跟我说的一件事。新兵刚下连那阵，连长经常拿新兵蛋子说事，每次“新兵”二字刚离开嘴巴，房新兵就噌地一下立正站起来喊“到”，声音短促。连长搞得很烦躁，就骂：“房新兵，你个榆木疙瘩脑袋，我还没说完，你喊什么到，记住喽，下次别犯迷糊。”可是下次到了，房新兵还是会噌地一下站起来，继续喊“到”。

晚饭后我和连长碰了个头，我把政工会的主要精神传达了一下，重点提到了两份党表的事。

“你心里有初步人选没？”我问。

“我觉得房新兵不错，你觉得咋样？”连长答。

我点点头。

“这事急不得，早了会扰乱军心，晚了不好办手续。最好开个支委会议一议。”连长说。

到底姜是老的辣，连长说到我心坎里去了。

支委会商议后的一致意见是：在老兵中搞一个“退伍不褪色，入党建新功”活动，把老兵两年来的表现和最后两个月的表现结合起来打分，最终在 11 月 30 日也就是 11 月的最后一天确定入党人选。我们是这样想的：把胡萝卜留到最后，那么，整个老兵退伍期间的安全稳定自然也就有了保障。

事实也的确朝着我们的预期方向良性发展，而且，发展的质量让我颇为满意。我没想到，因为两张党表，老兵的工作积极性竟然又一次得到了调动和提升。本来，我没奢望老兵退伍前干多少活儿，说实话，几年的服役时间里，他们已经干得太多了，只要退伍前不给我添乱就行了。但自从活动开展后，连队老兵面貌竟然焕然一新，看来，是我低估了老兵的思想觉悟。

但作为指导员、连队党支部书记，我也不能高估老兵的思想觉悟。连队的平稳运转既让我欣喜，同时也让我隐隐担心。离老兵退伍的日子越来越近，这也意味着不确定的因素越来越集中在最后几天。

转眼到了 29 号，星期五。

那天早晨天上乌云密布，阴得能拧出水来，一副下大雨的前奏，再加上起床后我的右眼跳个不停，我开始心绪烦躁，总觉得有什么事情要发生。

一整天我都魂不守舍。晚上熄灯号响过以后，那种感觉更强烈了。临近十一点，我决定查一下岗，尽管那天不是我的班。我拿起手电筒，把能想到的地方走了个遍，从班排宿舍到营区大门，再到机车库和弹药库，甚至连半山腰上的家属房和菜地边上的猪圈我也走了一遭。一切各就其位，没什么可让人担心的。返回宿舍时时针已经指向十二点了，我这才稍稍放下些心来，看来，是我太紧张，太焦虑了。

我的确有些焦虑。距离召开支委会并宣布入党名单只剩最后一天了，连队在过去的近一个月时间里风平浪静，我知道，那两份党表功不可没，但问题也在这里——只有两份。而且，貌似平静的日子下面，我能感觉到，有多少双渴望的眼睛就有多少道暗流，潜藏在平静如水的深处，悄无声息地涌动。

临睡前我泡了个脚，这让疲倦更快地抵达我的大脑皮层深处。也许是睡得太沉，以至于醒来时我一度觉得自己才刚刚睡下。是持续的敲门声吵醒了我，“咚咚咚，咚咚咚……”声音不大，却一直敲，不疾不徐，锲而不舍，这个持续的声音最终唤醒了我。一开始我还以为敲门发生在梦里，但敲着敲着就把梦敲碎了，意识到自己正由梦境转回现实的那一刻让我异常疲乏，苦不堪言。我摸索着摁亮了台灯，隔着眼皮能感受到一片橙红，待眼球逐渐适应那橙红的刺激，我眯缝着睁开眼，一看闹钟，乖乖，五点刚过——大约门外这人是踩着点敲门的。

开门一看，是个衣着整齐的战士，再看一眼，是房新兵。

我坐在床上，哈欠连天，房新兵坐在椅子边缘，开始细说着他当兵以来连队各级领导特别是我对他的照顾和厚爱。

这是我当指导员一年来第一次有人在清晨找我汇报思想。时间点离六点钟吹起床哨不远，我胡乱穿好衣服，见他腰板挺得笔直，一时半刻没有要走的意思，便示意他等我一小会儿。我出去刷个牙洗把脸，以便认真听他细说。

后来，一直到现在，这个场景在我脑海里慢镜头重复播放了很多遍。说实话，我有些后悔，我不应该在那个节点去刷牙洗脸。

等我重新在他面前坐下时，我发现我的宿舍明显被整理过了。昨晚来不及收拾的洗脚水已经从眼前消失，绿色的洗脚盆回到了墙角它本来的位置，连擦脚布都整齐地挂了起来，白色的床单拉抻得平平展展，绿色的军被叠成了豆腐块，写字桌上抹布擦过的湿痕隐隐还在……一切都很好，但我总觉得有什么不对劲的地方，一时半刻又看不出来。这小子，敢情是来帮我整理内务来了。

他说了很多，我认真听着，偶尔插一两句话，尽量不打乱他说话的节奏。在他服役的两年时间里，他大多数时候只是一个忠实的听众，要离开部队了，我愿意和他临时交换一下位置。

我承认我不是一个合格的倾听者，我时不时地瞄向闹钟的眼神暴露了这一点。房新兵敏锐地捕捉住了这个信息，或者说，他在讲述的同时，也在密切地关注着时间。

终于，他抖出了他想说的包袱。

“指导员，”他颤颤地说，“我想，我想入党！”

说完这句，我感觉到他明显放松了下来，仿佛从肩头卸下了千斤重担。

谁都想入党，这很正常啊。然而我却一下子绷紧了，因为他还补了一句：“一点儿小意思。”说的时候，他指了指我的被子，然后逃也似的离开了。我蒙蒙地坐在那里，半天没反应过来他说的和指的是什么意思。

我转过身来，盯着叠得整整齐齐的被子看了又看，没觉得有什么不妥，就算是有不妥，也只是比平时我自己叠的更规整更漂亮一些。

然而，我终于瞧出了异常——是的，在被子缝隙里，有一个红色的小点若隐若现，似有似无。因为角度的关系，不细看一时真看不出来。难怪我刷完牙回来总感觉哪个地方不对劲，我暗叫了一声“坏了”，赶紧用手去触那个红点。

那不是一个红点。准确地说，我先是触到了一个硬物，接着牵出了一个红包——那个红点，不过是红包盒的尖角罢了。

这个时候我才觉得自己真正地清醒过来，是他的那个红包起了作用。我听到了一种清脆的声响，脸上火辣辣地疼，仿佛被人抽了一记耳光，我身体里的血如同接到了集合命令，一下子呼啦啦地全往脑门上奔。

我拿着红包冲了出去，门被摔得哐哐作响，我几乎是咆哮地对值日员大喊：“吹号！全连紧急集合！现在！马上！”我的嗓音有点嘶吼，我清晰地看到，恐惧瞬间裹住了值日员，他哆哆嗦嗦地去拿值班桌上的哨子，半天没拿住，等抓起来送到嘴里，腮帮子还没鼓起来，团里的起床号先扯心扯肺地吹响了……

那天的值日员是一个老兵，后来也在夏州安了家，姓吴，叫吴强。

复员以后有一回他同几个人一起吃饭，其中的一个人认识我，问他："你以前在哪个部队当兵来着？"吴强说是陆军，我朋友便说："我有一个朋友，也是陆军出来的，当过连队指导员。"接着他报出了我的名字，并开玩笑说我马上会到。吴强立刻变了脸色，说他突然想起来公司有个急事要处理一下，说完便急匆匆地离开了。我朋友这人很外向，善于在饭局上搞气氛，和我说这事时，还现场模仿了一下吴强当时的表情，把我笑得眼泪都流出来了。只是他不知道，我不是因为好笑才流泪，我流下的是悲哀的泪水——我为吴强对我的异常恐惧感到悲哀，更为自己当年的行为感到悲哀。

整个连队的官兵齐刷刷地列队在我面前，所有人都不知道发生了什么，不明白为什么起床号刚响过紧急集合号又跟着响。我黑着脸，右手把红包高高举起，然后狠狠地把它砸在了地上，我咬牙切齿地说："这个给我送红包的人，在我手里，下辈子也别想入党！"

说的时候，我的眼光在所有人脸上扫过，最终在房新兵脸上顿住。他没有低头，眼睛盯着前方，一张脸早就涨成了猪肝色。

他的入党梦被我砸得粉碎，连连长都惊讶于我那个早上近乎疯狂的举动。退伍工作结束后，他对我说："你不该那么对待房新兵。"

"入党考验的是思想觉悟，他的思想觉悟不过关。"我冷冷地回了一句。

“你知道的，我说的不是这个。”

“我并没有点出是谁，给他留着面儿呢。”

“但谁都知道你说的是谁。”说完，他叹了口气，补了一句，“你以后会后悔的。”

我走出门去，我不想和他讨论这个话题。连长是一名从战士成长起来的干部，和战士打成一片是他的优势，我不是，也不想要这个所谓的优势。我是高考进军校再毕业分到部队的学生官，我觉得，官兵之间保持适当的距离更有利于管理。另外，我讨厌送钱这种赤裸裸的交易，它玷污了我的人格，也暴露了他的不成熟。我承认我有些较真，但我没觉得自己做错什么。毕竟，连队的退伍工作平稳安全，受到了团首长的肯定和表扬。我甚至觉得，如果我没有采取那样极端的应对措施，三十号那天一定会出大事，至于到底会出什么大事，只有天知道了。

人世间没有如果。事实上，连长应该感谢我，正是因为连队在退伍期间工作成绩突出受到团首长肯定，第二年三月份，他如愿升职副营。再后来，他还当上了副团长，不过，那是后来的事了，那个时候我已经转业了，是副营任上转业的。

当房新兵莫名其妙蛮不讲理地冲进我的脑海里，并把那片海搅得天昏地暗之后，我突然发现，此刻的我和当年的房新兵没有什么不同，这个想法惊到了我，也伤到了我。

我开始对采取邮寄的方式感到后悔。我认为，这是当年连长送我的谶语发挥了作用。他当年说过我会后悔，如今，这句话应验了。现在，老连长也转业在夏州，但我们之间很少联系，我不知道这和当年房新兵的事有没有关系。

后悔的藤蔓一旦在脑海里扎了根，各种后悔便跟着疯长。

我开始对我为了升职采取的行为感到后悔。升不升职有什么关系呢？都四五十岁的人了，身体康健、收入稳定、家庭幸福，还有什么比这些更重要的呢？

我开始对我三番五次地试图去局长家送礼感到后悔。

我开始对我跑到局长办公室感到后悔。

我甚至开始对过往的一些其他事感到后悔……

我后悔得要死，我肠子都悔青了。我怎么是这样的一个人呢？我是怎么一步步变成如今这样一个人的呢？当年的我，当年的那个手举红包像举着公平和正义的我到哪里去了呢？那个我还是我吗？今天的我又是谁呢？

我遍体鳞伤地回到家里。

老婆问我事办了没有，我木木地点点头，一句话没说便走进卫生间。我觉得，这个时候，只有这个地方才是最适合我待的位置。没有气味，不代表着它就是干净的所在。

“怎么不开灯？”老婆在外面喊。

“哦。”我嗓子里发出声带摩擦的声音，恍惚中，竟然和狼有几分相像。

老婆摁了开关，卫生间的灯瞬间亮了，一个纯白色的世界瞬间降临，白得刺眼。我坐在马桶上，闭上眼睛，有液体缓缓流出。

我不知道我是夜里几点睡着的，辗转反侧了许久，好在最终还是沉沉睡去了。

第二天早上，老婆问我：

“房新兵是谁？”

“你怎么知道他？”我很惊讶老婆竟然知道房新兵的名字，我认识她的时候房新兵早就退伍了。

“你昨天夜里一直说梦话来着。”

“是吗？”我有些紧张，“我说什么了？”

“你说，房新兵，你还好吗？”

一个星期后，任命公示出来了，果真有我的名字。同一天，我还收到了一个包裹，我一眼就认出来了，那是我的“杰作”，连外包装都没换，只是上面多了几个醒目的大字——“退件，查无此人！”

依稀是局长的笔迹。

（刊发于 2023 年第 11 期《福建文学》）

“哆啦A梦”有个竹蜻蜓

“哆啦A梦”是文峰内心新的寄托，它不是一顶帽子，也不是一个人，只是一个和红梅搭讪的借口。

自从和红梅大吵一架后，文峰变了很多。

这种改变，他很确定，外人根本看不出什么。但他自己知道，它们就像一片树叶即将离开树体，尽管外在的颜色还没有发生变化，但里面的水分正在流失。那种离开自己身体的感觉只有树叶本身才懂，他控制不住那种离开，因为他就是那样的树叶，隐隐疼痛着，自己感知着，无能为力。

红梅是他的妻子，但很快就可能不是了——他们已经申请了协议离婚。那天阳光灿烂，他们步履轻松，先是在树影婆娑的人行道上肩并肩走着，然后像走进售楼中心一样走进了民政局。他们手拉着手，直到坐下才分开，各自从包里拿出打印好的《离婚协议书》，然后愉快地签字，从容地递给柜台里的工作人员，丝毫看不出是来离婚的——这和他们当初在售楼处买房时的情形差不多。说不上兴高采烈，但至少面带笑容，甚至连等待也是相似的。他们没有马上离成。工作人员是位上了年纪的妇女，她把老花镜往下拉了拉，将镜框架在鼻尖上，低头抬眼直直地盯着他俩足足有十秒，这才告诉他们，协议离婚有一个月的“离婚冷静期”，让他们一个月后再来。

文峰知道“离婚冷静期”这个已经不太新鲜的新名词，《民法典》刚出来那会儿，媒体没少报道。红梅也是知道的，但文峰还是松了口气，他宁愿相信红梅也松了口气，因为离开的时候，红梅甚至对着那位女工作人员道了声谢谢。但紧接着，松出去的那口气仿佛被一个机器又压缩回了体内，在胸腔内填蓄得紧紧的——一种莫名的恐惧如同感冒后猛然的一个喷嚏，瞬间便将以往争吵的无数碎片像口水一般给引了出来，同时生成无数颗小金星，久久地在眼前的虚空中晃荡。

文峰既害怕又有些期待那一天的到来。和红梅结婚近七年，算上恋爱的三年，他们在一起已经快十年了。十年，连他自己都觉得漫长，漫长到他以为他已经有了足够的耐力能够忍受一切。事实上，从恋爱开始，他不正是这么一直忍耐过来的吗？不光是红梅的父母反对，就连文峰的父母也反对他们这桩婚事，不然，他们的恋爱不会那么折腾。但他们终究还是折腾到一起了，这种结果让他们都意识到一件事：既然在一起了，就是他们两个人的事，共同的事。或者说，一个人的问题肯定也和另一半有千丝万缕的关系。换言之，有问题，一定是属于两个人的。既然如此，把自己的问题解决了，两个人的问题自然也就迎刃而解了。那时，离婚一定和他们无关，至少，他们都深信，这辈子甚至下辈子应该都无关。文峰还清楚地记得，有一回电视里正播放“离婚冷静期”的专家解读，红梅边换台边开玩笑地说了一句：“谁用谁取，我们用不上哈。”文峰顺口接了一句：“除非太阳从西边出来了。”那时，他们两个笑出了眼泪。

但他依然没能忍受住，或者说，她也没能忍受住——如今太阳真的从西边出来了。

其实也没什么啊，无非就是一句话对方听岔了，便冷言冷语了几句，这一方懒得解释，怕火上添油，那一方便生上了闷气，一来二去，日子竟这么莫名其妙地按下了静音键。虽然后来声音又回来了，但静音的日子终究在情感的表面刻下了浅浅的伤痕。或者红梅半夜突然想吃四果汤，文峰没有马上答应去买，红梅便佯装生气，将身子背了过去。此时，兴许文峰稍稍温言软语几句，顺带着轻轻地将红梅的身子扳过来，红梅的气就会烟消云散，买不买四果汤又有什么关系呢？但文峰当时想的偏偏不是这些。他想，都入秋好一阵子了，卖四果汤的店铺大多转了行。何况都这么晚了，即便还有开的，也应该歇业了。更重要的是，这个时候吃四果汤太凉，吃坏肚子咋整？

一次，两次，三次……不知道多少次过后，文峰惊讶地发现，争吵过后的静音期拉得越来越长，如同逐渐失去弹性的橡皮筋，复原的速度也越来越慢。红梅仍然会在某个深夜说想吃四果汤，可问题是，即使他再怎么温言软语相哄，或者第一时间冲出家门直接把四果汤买来，红梅都不会再像第一次见到四果汤摆在眼前时发出那种由衷的喜悦的尖叫了。

时间是所有凶案的罪魁祸首，它悄无声息地杀死了一切，可人们总是把原因归咎于其他，这实在可笑。就如同现在，仿佛文峰的生命只剩不到三十天的时间，而自己能做的，竟然是眼巴巴地等待死亡。文峰不止一次地考虑过生死的问题，他甚至问过自己，假如必须放弃自己的生命才能拯救红梅，他愿不愿意？每次问完这个问题，他都有抽自己耳光的冲动——如果这个还算问题的话，那么他们的婚姻就是一个问题。好了，如今婚姻真成问题的时候，他突然有了湖面平滑如镜的放空感，而自己能做的，竟然是什么也做不了，或者干脆美其名曰不想做。于是，一种声音顺势钻了进来，一种时钟转动的声音。他能清晰地听见时钟嘀嘀嗒嗒地响个不停，走到哪里，那种让人厌烦的声音就跟到哪里，时钟仿佛被一只无形的手提着，和自己的耳边保持着若即若离的距离。他尝试着摆脱这种声音，他开始强迫自己专注于一些莫名其妙的细节，比如，美女的大白腿或者胸和臀。好在，这真的起了作用，变化出现了。

这种变化从盯着车手骑车看开始。小车钥匙给了红梅，还没正式落地的《离婚协议书》上写得明白，凯美瑞归红梅，尽管这辆车一直是文峰在开。文峰买了辆电动车，这让他回归他心理上感觉舒坦的位置，也让他有机会在等待红绿灯的间隙认真观察眼前驶过的每一个骑手。他不知道除了干这个，这个时间段里他还能干什么。

骑手的姿势可谓千奇百怪，文峰很疑惑自己以前坐在小车里为什么就没发现。有哈着腰骑车的，自然有挺直腰板的，有曲着肘关节的，也有人把两肘绷得直直的。当然，曲着肘子骑车的车手又分好几种，有往下曲的，有往外拐的，角度大小更是不一而足。手看得差不多了，第二个星期文峰开始看腿。文峰惊奇地发现，腿比手的姿态丰富多了，自然也好看多了，难能可贵的是，踏板车的骑手的腿姿没一个是相同的。祥和路口红绿灯等待的时间最长，接近两分钟，文峰把骑手的腿姿看了个够。大多数人骑车的时候小腿基本与踏板垂直，膝关节呈九十度，差别仅在膝盖向内靠拢还是向外打开，但偏偏有些年轻人把脚掌蹬在了挡泥板处，大小腿绷成一条直线，耍酷地在油门的轰鸣声中一晃而过。男人和女人的腿姿因性别关系呈现出明显的不同。上了年纪的妇女即使车在行驶，两条腿依然习惯性地悬在车的两侧，鞋跟与地面之间间隙有限，似乎是为了随时准备刹车，仿佛儿童自行车的两个侧方支架。好几次文峰想把视线从这些毫无美感的肢体上抽回，脑子却有些不听使唤，哪怕抽回了片刻，下一个路口，眼睛依然会不自觉地看向那些陌生纷乱的人腿。

横向绿灯亮起，一位美女骑手的摩托车几乎是同步冲了出去，两条悬在两侧的腿慢慢收拢，上抬，直至踏在踏板上，身后的裙裾飘飘，完美地配合着摩托帽后飘散的秀发。文峰觉得这个过程和飞机起飞相似，至少具备类似的美感，两条腿好比飞机的起落架，当飞机平稳起飞后，起落架缓缓收起。有了这个惊世骇俗的发现后，他管摩托车启动的过程叫起飞。有一回一位女子快速地抢灯，文峰竟然大声喊了出来："起飞啦！"周围的摩托车帽唰的一下全都向他转了过来。所幸戴着口罩，而且头上的摩托车帽足够严实，否则，文峰还真有些扛不住那些猛然间围拢过来的炙热的目光。

欣赏骑手姿势让文峰找到了一种于明处偷窥的快感，这种快感在一天中午达到了最高潮。

那天，阳光亮得刺眼。横向的绿灯在读秒，文峰正准备起飞。这时，一辆电动车迅捷而轻盈地在绿灯变黄前的一瞬快速冲过，文峰刹那间呆住了——这女人竟然是跷着洁白的二郎腿骑车的。虽看不清面貌，但姣好的身材一览无遗：挺得直直的腰板让紫色的小可爱略显拮据，以至于一圈细嫩的腰肉露了出来。她的摩托帽绘着哆啦A梦，呆萌可爱，顶处一个竹蜻蜓直升机螺旋桨似的旋转着，仿佛是因为它产生的向上引力才将女子的腰板拉直的一般。

这是文峰生平第一次遇见一个跷着二郎腿骑车的女子，他管她叫“哆啦A梦”。他启动车辆，加快速度，跟了上去。很可惜，跟丢了。

他希望再次遇到“哆啦A梦”。那天他回家，正好遇见红梅回来取衣物。在她收拾东西的时候，他把这个奇怪的想法告诉了她。红梅觉得文峰一定是疯了。但他就是要让红梅觉得他疯了，起码这会让他们之间不再保持缄默。

红梅离开的时候怜悯地看着文峰，果真说了一句：“房子归你，毕竟你们家凑出首付也不容易。”文峰惨淡地笑了笑，无力地摇摇头，本来想好要说的东西，愣是全都憋在了肚子里。这是去民政局申请离婚之后两人头一回碰面，也是头一回说话。中途红梅回过几次，但都没遇上。文峰知道红梅回来过，他辨得出来，哪怕红梅做了精心的掩饰，他依然能毫不费力地破案——只需闻一闻空气中残存的若有若无的兰蔻香水味就够了。

“哆啦A梦”是文峰心底的秘密，它是一顶帽子，还是一个人，或者说，就是他的宿命。

文峰没想过会再遇到“哆啦A梦”，即使遇到，那女子也不一定跷着二郎腿骑车，而且，世间相似的摩托车帽子太多了。所以，他把买彩票的事情忘了个一干二净。

那天，文峰迅速启动车辆，如同侦探一般，跟定了“哆啦A梦”，同时在心里赌数，再过三个红绿灯，她就会到达目的地。又一次，文峰的默念起到了超能作用，过了第三个红绿灯，“哆啦A梦”靠边停了下来，头上顶着那顶哆啦A梦摩托帽，直接走进了一家福利彩票店。文峰也停了下来，学她，连帽子都没摘，直接走了进去。

“哆啦A梦”在角落的一张椅子上坐了下来，面向大门，眼睛死死盯着进门的文峰，仿佛他是一个跟踪抢劫犯。

文峰一下子手足无措，他没想到“哆啦A梦”竟然发现了他。他脑海里闪过曾经在电视里看到过的抢劫画面：一名戴着口罩和摩托帽的男子走进金店，二话不说，举起锤子对着柜台便是一顿狂砸……此刻，他似乎正在扮演电视里的角色。好在那些只存在于电视里，但店主的眼神依旧相当警觉。

“买彩票？”店主问。

“嗯。”文峰用嗓音回答。

“哪一种？”

“随便，来一张两块钱的就行。”

机子的嘴里很快便吐出一张彩票来。

文峰从来没有买过彩票，却不止一次听说过有彩民只花两元便中了五百万大奖的新闻。

接过彩票的文峰依然不知道接下来自己要干什么，再看那女子，眼睛仍然死死地盯着他。没辙，只好掏出手机，假模假样地对着票面照了一下，然后佯装专心地研究起彩票上的数字来。

等他表演完毕了，抬眼，角落里早已空空如也。门外，那辆电驴子不知何时也了无踪迹。

文峰叹了口气。那辆突然出现又迅速消失的电驴子，有些像那个星期三，也就是文峰和红梅去民政局的那个阳光明媚的上午。突然出现在脑海，然后又迅速消失，坠入脑海深处，任凭记忆的绳索如何打捞，都是徒劳。

那个星期三去民政局的时候，文峰在门口遇见了隔壁出门倒垃圾回来的王总。王总热情地和他打招呼。

“真羡慕你们啊，上个班还要一起走。”

红梅都已经快到电梯间了，听了这话停了下来，回头冲王总笑了笑，并不回答，只是用手招呼文峰快点。文峰听话地赶紧小步快跑了过去，牵住红梅远远伸递过来的右手。

走进电梯，文峰恍惚地一度以为他们真的是手牵手去上班。但电梯门关上的一刹那，红梅迅疾抽手的动作便将文峰的幻想击得粉碎。

文峰自嘲地想，今天一定是三号。打开手机一看，错了，才二号。他不甘心，又查了一下星期几。哈哈，原来是星期三，果然跟三有关，这下心里酸酸地踏实了。

文峰执拗地在心里认定一个数字并开始打赌有段日子了，从离开民政局办事大厅之后，这种特殊的赌局在他脑壳狭窄的回路里上演得尤其频繁。那时，红梅已经开车离去，剩下文峰站在路边等车。红梅离开时指了指车，大意是问要不要捎他一段路。他拒绝了。然而，车一开走，他又后悔起来。后来，好几辆出租车在他跟前停了下来，见他半天没有反应，便又识趣地开走了。有司机貌似骂了几句，文峰全然不去理会。跟他没关系的人就算往死里骂他，他也不会感到一丝疼痛。

过了好久，文峰感觉自己缓过来了，脑袋里又马不停蹄地冒出一个突兀的想法：经过他眼前的第十辆车车牌号尾数一定是单数。

这个想法纠缠着他，他开始在心里默默地计数，第一辆，第二辆，第三辆……第十辆，啊，不对，竟然是双数。他有些惶恐，但很快便给自己找了个借口，心说这一次算是试验，不作数，第二次才算正式测试。他又开始在心里默默地数数，第一辆，第二辆，第三辆……第十辆，数到第十辆车时，出现在眼前的是辆大众轿车，尾数分明是5，单数！这不就对上了吗？他在心里为自己做出了正确的预测感到满意，甚至在嘈杂的环境里依稀听到了不大但异常清晰的掌声，这掌声就像是电视电影里的后期配音。文峰怀疑那些掌声是自己虚构出来的，硬加上去的，但又不能十分肯定。

迷迷糊糊地走到楼下，神秘的预测试验欲望像一条银光闪闪的鱼，又开始在文峰脑海里跃出水面。他离开电梯口，转而走向楼梯间。他和红梅共同的家在九楼，原来寓意天长地久，看来，只有天地才可以长久。走到家门口的台阶级数是单数还是双数呢？再不测试以后可能就没有机会测试了呢。单数！他自己给出了答案之后，开始在混杂着腐败和荒芜气息的楼道里摸索着往上走——也许太久没人走的缘故，楼道里的灯早就坏了，一片漆黑。这和文峰上次走楼梯的情形差不多。他有些怀疑，是不是有只猫或者老鼠死在了楼道里，要不然怎么会有腐败的气息呢？

那一次因为刮台风，整个城市大停电，他和红梅第一次走楼梯。才走到第二个转角，红梅便痛苦地“哎哟”一声，人接着矮了下去——她的高跟鞋断跟了。用手机一照，脚脖子明显开始肿胀，几乎是不假思索，文峰背起了红梅，一步一步向上走去。那时，他忘了数数，只记得红梅轻柔的呼吸带着兰蔻的香水味在脸颊边萦绕，仿佛是对他付出辛劳的一种奖赏。走到门口，文峰蹲下身子将红梅放下，半天直不起腰来。

文峰慢慢地在楼道里走着，贪婪地呼吸着那些尘封许久的空气，仿佛红梅带着香水味的气息依然躲藏在其中，正等待着他去辨别，轻嗅。在第二个转角，文峰顿了一下，干脆停下来，从口袋里摸出香烟，犹豫了一下，还是点上了。

红梅不喜欢文峰抽烟，她说，她身边的亲戚朋友里没有一个抽烟的。文峰便也就顺从地不抽了。但脑袋空闲的时候，文峰总是禁不住反复琢磨这句话，越琢磨越觉得话里藏着话。她的亲戚朋友里没一个人抽烟就可以作为他戒烟的理由吗？要是红梅说抽烟对身体不好，文峰心里肯定不别扭，但红梅偏偏不这么说。是的，她的大多数亲戚朋友虽然算不上达官贵人，但家境都还殷实，单论经济条件，文峰家是最寒碜的。这是不是意味着家里穷的人才有抽烟的恶习呢？

第一次去红梅家，文峰买了两瓶老家最好的酒——竹坝老酒，五十二度，二十年陈酿。提过去的时候，文峰想，父亲这辈子还没喝过这么好的酒呢。哪知进了门，阿姨竟然直接将酒拎到杂物间去了。菜上桌了，红梅的父亲拿出一瓶五粮液，一边叫红梅打开给他们斟上，一边对文峰说，男人喝酒就要喝点儿好的。文峰看着红梅娴熟地开酒倒酒，接起酒盅的双手禁不住哆哆嗦嗦地颤抖，他生怕准丈人看出来，彼此轻碰了一下酒杯之后，赶紧一饮而尽。放下酒杯，文峰分明感觉到有两颗泪珠挂在了自己的眼角。

文峰使劲吸了一口烟，红红的烟头像爷爷猛拉风箱之后炉中突然变旺的炭火。小时候，他总爱跑到村西头爷爷的打铁铺里玩，看爷爷光着膀子打铁是一种视觉上的享受。爷爷的皮肤又黑又皱，胸骨嶙峋地突显出来，像蔫了伞布的骨架，但这副瘦弱的身躯里却仿佛藏着无穷无尽的气力。文峰喜欢看爷爷抡起锤头打铁的样子。红彤彤的铁件烧得跟红彤彤的木炭分不出彼此的时候，爷爷左手使火钳将铁件夹出，刚放置于铁砧上，右手抡锤便砸，时间节奏拿捏得恰到好处。金属铿锵有声中，只见火星四溅，如另类的烟花绽放。一袋烟工夫过去，神奇的一幕出现了——只见铁件慢慢现出锄头或者镰刀的形状。文峰喜欢看铁件慢慢幻化成他熟悉的锄头或者镰刀的过程，仿佛见识了一把锄头或者镰刀婴儿般的诞生。他隐隐约约感知到，原来这些熟悉的农具也是有生命的。它们经历了火的灼烧、锤的敲打，当然还有水的洗礼，最终化成了家家户户可靠的帮手。

文峰最喜欢看紧张而刺激的淬火了，那是铁件变成农具的最后一关。爷爷会将反复捶打后的铁件夹到眼前，细细端详，瞧得满意了，微微点头，便径直将火钳伸进身旁蓄满水的铁桶里。只听“嗞”的一声，一缕青烟腾起，水面冒起一串混浊的水泡，待一切平静下来，文峰揪着的心这才缓缓回归原位。铁件再出水时，已经脱胎换骨了。看着铁青色的锄头或镰刀，爷孙俩总是相视而笑，仿佛那是他们之间不可外传的秘密。

可惜爷爷七年前便走了，没来得及参加孙子的婚礼就走了。刚开始文峰还为此感到遗憾，现在竟然生出一种莫名的庆幸来。

一种灼烧的刺痛感从右手的食指和中指间传来，文峰这才惊觉香烟燃到屁股了。扔掉烟头，起身，继续在黑黢黢的楼道里行走，仿佛行走在通往过去的时光隧道里。

上到九楼，文峰停止了心中的默念，数字定格在245，果然是单数。

黑暗中他苦笑了一下。

“哆啦A梦”什么都不是，它是一张无须验证的彩票，甚至压根儿就没出现过。

文峰已经记不太清楚那次为什么会和红梅大吵了，正如很多小吵小闹根本没有原因甚至没有征兆，和夏天的雨说下就下没什么两样。但他还是努力地去回忆，最终回忆出来的画面是这样的——文峰对着墙壁爆了句粗口：“我受够了。”没想到这句话竟然马上反弹了回来，而且声音被放大了好几倍，其中还掺杂着受惊后猛然爆发的歇斯底里。

覆水难收。文峰没想到文雅如此的红梅也会爆粗口，原来她竟也和他一样，一直在忍耐，而且同样到了极限。这个惊人的秘密像一个惊雷，把文峰炸住了。炸坏脑子的文峰用几乎同样的音量丢下一句话：“受不了就别受了。”

这是他第一次那么大声地对红梅吼叫，很可能也是最后一次。

世上没有不透风的墙。红梅的父母应该早就知晓他们离婚的事，奇怪的是，二十多天了，没有一个人给他打电话，仿佛他们也在等待，等待“离婚冷静期”结束后他们冷静地分道扬镳。文峰的父亲倒是打过电话，却说离了也好，连生个娃也不肯，这么娇贵的媳妇他们文家攀不起。文峰没等父亲继续啰唆下去便挂断了电话。单位陈主任应该也看出了点儿什么，要不然，他怎么会那么爽快地在文峰递过去的请假单上签字，那可是年假和探亲假二合一的请假条啊。他会怎么看他呢？记得结婚的时候，陈主任还不是一把手，但他包了一个和一把手一样大的红包，对文峰说，能娶上红梅这样的女子为妻是他八辈子修来的福气，要他珍惜。说珍惜的时候可谓语重心长，如今，他怎么也不问一问呢……文峰把自己关在房间里，任凭这些胡思乱想把他的脑壳搞大。

红梅早就搬回娘家去了，空荡荡的屋子里只有他一人。他不知道要做什么，每当他不知道要做什么的时候，那个神秘的数字测试试验便像幽灵一样冒了出来。他想压住这个打赌似的想法，但现如今，也许只有这种自己和自己打赌的小游戏能让他找到些许快乐了。但越是试验，他越清晰地感知到自己身上正在发生的变化，这种变化起先是由内而外自己感受到的，现在，由外而内了——他通过别人的眼光看得真真切切。好在戴着口罩不让人生疑，否则，文峰怕是不会出门了。

文峰骑着摩托车缓缓地沿街靠右行驶，口罩加摩托帽的组合让他即使和红梅迎面相遇也不担心会被认出来，他要的就是这个效果——这让他觉得安全，一种被彻底遗忘的安全。

明天，“离婚冷静期”就要到期了，世界变得虚幻，没有什么永垂不朽，包括过去。

停在路边的第十辆车这回赌它是双号吧。果真，当摩托车停在第十辆车边上的时候，闯入眼帘的尾数是6。正当文峰对着车牌傻笑的时候，一辆电驴子擦身而过。文峰回头，顿时呆住了。

“哆啦A梦”又出现了，文峰一眼就认准了这一点。竹蜻蜓在她头顶上飞速地旋转着，露出帽外的长发自然飞舞，还是紫色的小可爱，一圈腰肉依然白嫩得晃眼，还是跷着二郎腿，这让她修长的大腿显得更加修长。

文峰这次没有跟出去，他也不知道为什么，或许是“死期”临近让他无暇他顾，但他相信，“哆啦A梦”的出现必有深意。只是其中的深意具体何指他目前尚不能参破。

他目送着“哆啦A梦”消失在视线里，然后骑摩托车回家。文峰感觉自己的身体仿佛被掏空了，一阵疾风吹来，他在摩托车轻轻地晃了晃。

夜色和往常一样，经街边亮起的路灯提醒之后来到人间。空空的房间里一点儿也不空，除了填满了夜的黑，还有他和红梅所有的过往，仿佛那些过往被灌注进了这些悲伤的黑暗里。

文峰不吃也不喝，平平地躺在地板上，肚子竟然也不饿。也许是躺的时间太长了，恍惚间竟觉得身体飘了起来，如同浮在水面，他甚至能感觉到水面在轻微地晃荡，发出拍打堤岸的轻响。脑袋已经不能在任何一处记忆的画面上停留，和拧开的水龙头差不多，往事从水管深处哗哗地流过来，又从水龙头处尽数流了出去。

文峰打开手机，幽蓝的光线从手机里倾泻出来，房间刹那沉入深蓝的海底。一张张相片自动播放着，红梅在里面巧笑倩兮，如在眼前，如梦似幻。

文峰的视线在一张突兀的彩票票面上停住，顺手点了一下照片，幻灯片播放模式停止，脑壳开始启动回忆模式。

“不会是中奖了吧？！”文峰想到了再次出现的神秘的“哆啦A梦”。

“如果真的中了五百万，明天会推迟来到吗？”文峰并没有急着去查开奖号码，而是在脑海里反复问自己这个问题。最后他给出了否定的回答，既然如此，中不中又有什么意义呢？况且，他根本记不起那张彩票去哪儿了。

好半天过去，他自己咧开嘴笑了。

笑着笑着，文峰的眼泪笑了出来，纵过面庞，冰冰凉凉。

他已经什么都记不清了，他唯一能记得清楚的是：明天，“离婚冷静期”将彻底结束。而他，也必须结束这让人厌恶的日子了。

树叶可以离开大树，也可以从树上重新生长出来。文峰想，每片树叶都应该像“哆啦A梦”一样，有一个飞速旋转的竹蜻蜓，把人往上拉，再拉，拉到无尽的虚空。

（刊发于2023年第4期《厦门文学》）

同样的赌注

允浩将资料送到丹丽斯酒店交给客户以后，打算驾车离开。

走出酒店大门时，他紧裹了一下大衣，顺手摁了一指遥控器上的启动键。停在不远处凤凰树下的丰田阿尔法得到指令，先是亮起了氙气灯，几乎同时，后视镜缓缓展开，然后，他听到了发动机不易觉察的启动声。像极了一个刚睡醒的仆人，先是睁开眼睛，而后伸了个懒腰，再打一个哈欠——好了，一切准备就绪——“主人，我可以工作了。”让人信赖的机器！和他一样。允浩想。自从莉莉读县一中后，陈总便多给了他这把钥匙——他口袋里已经有了一把宝马 528 的钥匙，不是“多”是什么？

快走到车门前的时候，允浩突然放弃了离开的打算——他嗅到了空气中幽幽的桂花香，一缕一缕，绵绵不绝。

元旦过去好几天了，甘肃老家都已经降下五场大雪了，这个地处南方的城市却不紧不慢地在夏与秋之间踢着皮球。昨天下午允浩还穿 T 恤来着，哪里能想到，仅仅二十四个小时之后，御寒的大衣已经披在身上了。这个城市的冬天总是迟到，或者说，根本就没有冬天，这让允浩几乎将这件躺在衣柜角落里的羊绒呢大衣彻底遗忘。细细想来，这件大衣还是初恋女友肖桂花给他买的生日礼物。

幸亏昨天夜里的这股强冷空气，不然，只怕嗅不到这沁人心脾的花香。允浩突然觉得，树木也是通晓人意的，特别是生长在丹丽斯温泉酒店的月桂。丹丽斯偏爱冬天，因为冬天是泡温泉的好日子。所以，仿佛是为了让主人高兴，一夜冷风吹过，丹丽斯酒店里的月桂齐刷刷地把漂亮的小白花插满了枝头。

莫不是刻意迎接他的？

允浩贪婪地深吸了一口桂花的香气，顿觉神清气爽。有多久没来这里了？他在心里问自己。掰着指头一算，答案竟是十年。这个数字吓了他一跳，毕竟，自己也才三根手指出头。允浩抬手看了看手表，四点半不到，距莉莉六点放学还有完整的一大块时间。够了！他决心犒劳犒劳自己，放松一下。尽管外人面前总是一副西装革履、精神奕奕的模样，但只有他自己知道，褪去衣物站在浴室镜子前的时候，这具健美的躯体是多么孤独和疲惫。

丹丽斯温泉酒店大概是这座城市首屈一指的温泉酒店了，十年前是，现在仍然是。富丽堂皇在其次，拥有最优质的温泉资源才是酒店的安身立命之本。酒店地处城郊，背靠凤鸣山，前临汀溪水，富含多种矿物质和微量元素的温泉水质中性温和，出水温度约五十摄氏度，无须加热便可直接引入汤池，放眼全省也属罕见。十年前允浩是丹丽斯的常客，那时，刚刚经历身体创伤的他几乎每天都会泡在丹丽斯的汤池里。出院时，医生叮嘱他，像他这样跟腱撕裂的大伤要想恢复到受伤前的状态，除了做好康复锻炼外，尽量多泡温泉，尤其是富含微量元素的温泉。回到受伤前的状态显然是不可能了，那无非是医生善意的谎言罢了，但多泡温泉的建议允浩还是记在了心里。

从酒店大堂通往温泉公园入口的道路月牙儿一般弯向山腰，道路两旁簇拥着一棵棵高大的月桂。此刻，一粒粒绽放的桂花像白色的小纽扣密密麻麻地缀在枝头，正把诱人的芬芳源源不断地释放出来，空气中弥漫着醉人的花香。十年前，这些月桂还是小孩子呢，一棵棵又瘦又矮，孤零零的彼此够不着。那时允浩不止一次想，要是这些小树快些长大就好了，长大了，它们就会变高，就会变得丰盈，就会手牵手连成一片，就会不再孤单。十年过去，这些月桂还真的迎合着他的期待生长，甚至更壮观，就像两面天然的绿色花墙。

温泉公园的入口设在一处仿溶洞样式设计的建筑深处，走进去颇有一种身临其境的感觉。售票柜台正对面增设了一处咖啡吧，装修别致，光线柔和，几对情侣模样的人一边品着咖啡，一边浅笑着窃窃私语。大约是刚从温泉公园里出来的缘故，被温泉水滋润过的他们头发还未干透，一个个面色红润、容光焕发。男宾更衣室在左，女宾更衣室在右，和十年前一模一样，正中则是 VIP 通道。允浩昂首从正中间走进去。这些年，因为出差，允浩去过不少城市，也泡过不少温泉，除了水质略有不同，装修风格各异，其他的差别不大，特别是衣柜门的手环钥匙，几乎雷同。全是一副手表的模样——弹性十足的塑料表带，外加内置电磁钥匙芯片的表盘。当然，VIP 手环跟普通手环还是明显不同。一是颜色，普通宾客的是金色，VIP 手环则是紫色；二是紫色手环表盘上印有醒目的 VIP 字样，格外惹眼。

允浩将 VIP 手环的表盘对准 3 号房间的门禁，一阵嗞嗞的声响过后，旋动把手，门开了。开灯，一个独立的卫生间，一个梳妆台，两间淋浴室，外加一个衣柜和一条香槟色布艺长凳展现在眼前。原来，所谓的 VIP 并不是可以单独享用公园里的汤池，园区里大大小小近一百余个风格各异的汤池向所有游客开放，也不是可以优先享用温泉公园里的热门汤池和特色服务，不过是一间可以单独更衣沐浴的私密房间罢了。

褪去衣物，一个身材匀称的赤裸男子出现在镜子里。允浩一动不动地看着他，他也一动不动地看着允浩，允浩笑了一下，那个男子也笑了一下。奇怪的是，允浩竟从那个男子的笑容里看到了一丝隐约的陌生和悲苦。允浩看着镜子里的那个自己把手环戴在左手臂上，镜子里那个男子瞬间有了足球队队长的气势，仿佛他戴上的不是什么手环，而是一个队长袖标。俱往矣，允浩苦笑，穿上泳裤。正准备出门，仿佛又想起了什么，回头从衣柜里拿出手机，迟疑了片刻，允浩还是给陈总发了条微信。和她说一下比较妥当，无论是出于工作关系还是夫妻关系，他觉得都有这个必要。

相比十年前，丹丽斯酒店的规模扩大了一倍不止。原来的汤池大多分布在山脚，如今，一条纵向主道直通山腰，将若干梯田般的不同主题温泉区域串联起来，层层叠叠，煞是壮观。每个主题温泉区域又单设一条鹅卵石步道，一个个热气腾腾的汤池隐秘地分布在步道两侧，或薄纱遮面，或竹墙掩映，或花草环抱，在五颜六色的射灯映照下，风情万种、虚幻迷离，犹如瑶池仙境。简直是觅爱的绝佳场所。行走其中，各种花香扑鼻，允浩只觉五脏六腑已被涤荡得清清爽爽，他想起了那辆丰田阿尔法，昨天刚做过管道香薰养护。允浩笑了笑，选择一处竹帘围挡的粉色汤池，将浴袍挂在池边的衣架上。

才下水，却发现里面有人。一位穿着粉色浴衣的女子，脖子以下泡在泉水里，肤色白皙，看不出年龄，脑袋靠在池沿折叠的浴巾上，一条毛巾遮面，正兀自养神。难怪衣架上没见浴巾。允浩想反身，又觉不妥，干脆缓缓沉下身子，一时竟不知视线往哪里搁。

女子大约是通过池水的涌动觉察到了什么，她掀开毛巾，坐了起来。女子面容姣好，黑发里却夹杂着些许白发，显得异常醒目。年龄应该在四十岁上下。允浩在心里下了结论，本想点头打个招呼，毕竟泡在一个池子里。那女子却压根儿没有这个意思，直接站了起来，拾起池边的浴巾，上了岸。大约是出于对对方完全无视自己的报复，允浩用眼神使劲地触了一遍女人的身体。肯定五十多了！允浩再次在心里判断。直到那女人走过转角拐上步道了，允浩这才惊觉，无论是长相和身材，她竟和陈总有七八分的相似度。更相似的是手环，她竟然也将手环套在脚脖子上……

年轻的允浩偷偷瞄了一眼坐在离他三米远的女人，又赶紧收回视线，生怕被她发现，更怕被那白得晃眼的肌肤灼伤到。二十二岁的他还是头一次和一个如此的女人同处一室，他感到自己的面皮在发烧，心脏在狂跳，都快要把胸膛敲破了。允浩走进桑拿房时，里面还有一位老年男子，似乎是因为已经蒸得够久，满身是汗的男子见允浩进来，一边擦着汗一边缓缓地走了出去。允浩内心莫名地腾起一阵欢喜。

桑拿房不大，四米见方，门和干蒸设备占了一面墙，另外三面墙上则是一溜的“U”形木条长椅，女人在墙角。桑拿房里热气弥漫，犹如一个巨大的蒸笼。允浩想，自己顶多是个红薯，这女人才是又白又胖的馒头。

胖似乎不大贴切，更准确的表述应该是丰满。女人跪坐在条椅上，旁若无人地向上举直手臂，仿佛屋顶有根无形的绳索缚住了她的手腕正在往上拉扯一般。分体式泳衣更像是两块多余的布片，目的不是裹住什么。成片的白肉暴露在空气里，触目则心惊，心惊则肉跳。允浩艰难地把汪出来的满嘴口水咽了下去，仿佛咽下了一口红酒。

女子始终紧闭双目，一动不动，一副物我两忘的模样，仿佛入定了一般。允浩再次将眼光斜过去的时候，女人竟然睁开了眼睛，允浩吓了一跳，赶紧将视线放在前方的玻璃门上。女人并不看允浩这边，缓缓站立起来，往桑拿石走去。似乎嫌干蒸房里的湿度不够，她拿起水桶里的木瓢，打了一瓢水，洒在铁框里的桑拿石上。霎时，一阵水雾腾起，干燥炽热的石头因为得到水的滋润，发出欢快的嗞嗞声。

就在允浩要将视线再放偏一些的时候，女子已经转过身往回走，奇怪的事发生了，她竟然对允浩点了点头。原来她一直都知道允浩的存在。允浩简直不敢相信自己的眼睛，几乎是同时，他也点点头，额外加了一个微笑。他也不知道自己的反应为什么那么快。后来他终于明白，也许他和她一样，也一直在等待着什么。再后来，允浩总会忍不住假设，如果陈总那时没有对他点头，此时，他的生活一定和现在完全不同。可惜的是，假设总是和叹息同时出现。

大概是因为互相点过头了，房间里的气氛不再那么沉闷。陈总把浴巾铺在椅子上，右脚搭在上面开始压腿，她的脚尖绷得笔直，腿线也很漂亮。这个时候，允浩看见了她脚脖子上的手环钥匙，紫色，表盘上三个烫金的 VIP 字母和她的气质一样，雍容华贵，光芒四射……

允浩把思绪收回来，这才惊觉，不知何时，天色已经暗淡下来。允浩有些后悔没把手机带在身边，他并不担心会有什么紧急的电话打进来。他的这个电话只对陈总开放。他只是担心泡得太久会误了接莉莉放学——那才是他的主要工作。莉莉是陈总和前夫的女儿，至今，她都不知道他和妈妈的真实关系，总是喊他允浩叔叔，仿佛他真的只是母亲的助理兼秘书。

一个服务员从汤池边走过，问他要不要姜茶。允浩要了一杯，顺便问了下时间——距离莉莉放学还有四十多分钟。丹丽斯距离一中不远，大约十分钟车程，允浩决定去桑拿房蒸一下再走。

桑拿房里人不少，一对互相依偎的情侣，两个默不作声的老头，三个唠叨不停的老太太。允浩在角落里坐下来，把浴巾摊在膝盖上，闭目，等汗。说来也怪，等允浩睁开眼来，刚才房里的几个人竟然已走了个精光，一个不知何时进来的姑娘坐在右手边三米远的地方，正睁着一双大眼睛盯着他看。允浩有些得意自己的身材，尽管不能踢球了，但健身的习惯他还一直保留着。

姑娘穿着一件连体泳衣，身材苗条，年龄应该不大，从她紧致的胸部可以看得出来。她婀婀娜娜地朝门口走去，允浩以为她要离开，谁知她只是将挂在门边的沙漏掉了个个儿，又走了回来。原来，她是在给自己设定干蒸的时间。以前的干蒸房可没有这个。屋里只有两个人，一瞬间，允浩觉得这个场景似曾相识，他看了看姑娘的手串，金色，表盘无字。不知怎的，允浩忽然想把套在右手臂上的手环摘下来——或许，她刚才看的并不是他的肌肉，而是这个。

姑娘突然把头扭向允浩，问：“要不要加点儿温度？”允浩不置可否。桑拿房里并没有水桶，也没有水瓢，允浩不知道该怎么加温，蒸了半天，身上还没怎么出汗，他正奇怪，为什么屋子里没有放水桶。见允浩同意，姑娘摁了一下墙上的按钮，允浩这才注意到墙上分布着不少这样的按钮。

只听“噗”的一声，悬置在桑拿石正上方的那根铁管里突然喷出水来，一团水雾猛然腾起，允浩只觉得热气袭来。原来墙上的按钮竟然是喷水开关，怪不得屋里没有放置水桶。

增加了热气的干蒸房温度明显上升，不一会儿允浩就感觉到密集的汗珠从皮肤上冒了出来。渐渐地，汗水开始汇聚，最后变成小溪，一道道从身上往下流，化作一条条水蚯蚓在皮肤上轻轻爬过。

沙漏已经停止了工作，但姑娘并没有马上离开的意思。她擦了擦汗，然后，紧接着做了一个让允浩倒吸了一口凉气的动作。只见她把右脚搭在椅子上，做出了压腿的姿势，性感的身材一览无余。

允浩逃也似的离开了桑拿房。他心中隐约有些不安，空气中弥漫着一股熟悉的气味，直觉告诉他，再待在桑拿房里是不合适的。

草草地冲了个澡，喷点香水，穿上衣服，戴上手表，披上大衣，允浩又是刚进来时的那个允浩了。时间刚好，离莉莉放学还有一刻钟。

刚出吧台，一个头发湿漉漉的女人冲着允浩打招呼：“你好。”允浩有些莫名其妙，眼前这个面容姣好穿着红色短大衣的女人她并不认识。

“我们认识吗？”他问。

“怎么不认识啊，莫非贵人多忘事？刚才还在一起蒸桑拿来着。”女人在“贵人”两个字上加了重音，说着，调皮地吐了吐舌头。

“噢，原来是你。”允浩想起来了，原来是刚才同处一室的那个姑娘，穿上衣服人显得更成熟更漂亮了，“有事吗？”

“没什么事，难得遇见，不止一次，缘分嘛，能加个微信吗？”女孩掏出了手机。

“不好意思，我没带手机。”允浩歉意地说，说完径直走了出去。

摁下阿尔法启动键的时候，允浩又闻到了空气中幽幽的桂花香味。调成静音的手机在口袋里安静地躺着，像一个人在熟睡。

（刊发于2023年第2期《集美风》）

看病记

一个人害怕去医院，有时只是因为不大愿意面对可能有病的事实。比如我。

事实上，我很早就怀疑自己感染了幽门螺杆菌。

这种怀疑不是没原因。好几次我被告知，而且是在不同的场合被不同的人告知：“兄弟，你的口腔气味很浓烈啊。”这显然是比较婉转的说辞，人家留着几分面子哩。我猜，更直接的说辞应该是：“你的嘴好臭。”有一次，一位女士和我凑得很近说话，说着说着，眉头便拧起了疙瘩，脸上的表情忽明忽暗，耐人寻味，结果聊了不到一半，便匆忙起身告辞。一开始我还不明所以，等到想明白是怎么一回事时，尴尬得无地自容，尽管当时只我一个人，但我的脸依然热得发烫。

我回去对着老婆呼气，老婆嫌弃地拿手掌在鼻子前猛扇风：“确实很臭。”恰好头天晚上我因为工作加班到很晚，老婆安慰我说可能是熬夜上火了，多喝水，别往坏处想。我确实也不想往坏处想，便这样想：“我们一家人并没有分餐，如果我真的感染了幽门螺杆菌，那么老婆孩子感染的概率小不了。”我凑在她们三人面前让她们逐一呼气给我闻，口腔并无异味，相反，还带着几许早晨牙膏残留的清香。这下我把心放进了肚子里。

放心归放心，其实心一直是悬着的，只是除了口臭之外身体并无其他异样，这也让我不那么上心。尽管暗地里下了好几次决心，要去医院做个检查，但就和决心戒烟一样，次数多了，往往不了了之，再往后便患上了拖延症。拖延得久了，这事便彻底搁置了下来。一搁置，便是好几年。直到最近和老婆吵架。

单位刘副大队长光荣退休，我是最接近接班人的人选，老婆叫我去领导那里坐坐。我知道“坐坐”的意思，可就是迈不开腿。我退了一步，说事成了再感谢领导不迟。老婆哼了一声，冷着脸转身进了厨房。自那以后，她整晚上没再和我说一句话。

这是赤裸裸的冷战！我决定绝食一餐以示抗议。

第二天的早餐异常丰盛，除了小米粥和馒头以外，竟然还有我爱的煎蛋和深海鱼肠，志在绝食的我心里稍微闪过一丝懊悔，好在我的意志仅仅动摇了一秒钟便又重新坚定下来。女儿问我为什么不吃早餐，我看了看满脸寒霜的老婆，脱口而出的竟然是一句连我自己都诧异的话：“我要去医院做吹气检测，必须空腹，所以不能吃饭。”我不知道我怎么会鬼使神差地扯出这个由头当挡箭牌，也许，在我的潜意识里，我早就想去做检测了。

我极少撒谎，为了不让这句话变成一个真正的谎言，我硬着头皮去了医院。后来我想，“说走就走”真的不仅仅是旅行的专利，放在看病上也是非常合适的。

医院门口堵成了S形，像弹簧压缩时局部往两边冒一样。据我所知，这所医院本来有五个进出口，因为特殊原因，只保留了一个，拥堵便成了常态。我顺利进入停车场。谢天谢地，正当我绕了三圈还没找着停车位的时候，前方不远处一辆车驶出了停车位。跟这辆车擦身而过的时候，我特意摇下车窗，向司机摇了摇手。

停车场距离门诊大楼足足有三百米的距离，这相当于平常我一天的步行量，问题是我还得走回来，这就等于今天我的数据会翻倍。

门诊大厅里人头攒动，一到三楼挑空，几部电动扶梯满载着男女老少上上下下，恍若热闹的大型商超。我挂了消化内科的号。问过导诊，说在二楼，这让我心安，不用挤电梯了。

几乎每个诊室门口的椅子上都坐满了人，活像那些网红美食店门口等待叫号的顾客。生活质量的提升对一些人来说并不见得是好事，否则，消化内科为啥人满为患呢？好在碳 13 检测室门口的人并不多，我小跑着赶了过去。来的路上，我百度了一下，幽门螺杆菌检测的医学术语叫碳 13 检测。

“门诊单！”护士手一伸。我这才发现过来做检测的每人手上都拿着一张电脑打印的门诊记录单。我明白了，必须先由医生开单然后才能做检测。“不好意思。”我一边道歉一边退了出去。

一退出来我才悲哀地意识到，就算我排一整天队也轮不到我进任何一间诊室。来做吹气检测纯属临时起意，根本就没有预约，没有预约我的名字就不会出现在大屏幕，不在大屏幕上又怎么会被叫号呢？

开个单子就一分钟的事，又不是看病问诊，我决定碰碰运气。等前一个病人刚出诊室也就是里面的医生还没来得及叫号的间隙，我瞅准机会闪了进去。坐诊的是一个五十岁开外的男医生，头发稀少，但额头发亮，坐得端正，头也没抬，话就蹦了出来：“等叫号再进来。”我解释说我要做碳 13 检测，耽误医生一分钟，帮忙开个单子。医生这才抬起了头，瞧了瞧我。

“卡！”医生手一伸，我欣喜万分，赶紧将社保卡递了过去。不到一分钟，门诊单便开好了，我千恩万谢地后退着出了诊室。

今天运气不错，见一堆人还在椅子上候着，我无限感慨。

把单子和社保卡交给护士，护士问我结算了没。我说没。“那得结算完了再过来。”她热情地说。我说最后一起结算不行吗，反正跑不了。“不行！”她的脸瞬间结了一层冰，“这是规定。”

我心里嘀咕着，变脸比翻书还快，规定不也是人定的吗？

在医院里每一步都得先结算，否则下一步没法进行。好在这里不是急诊，我想，如果急诊也是这样按部就班死守规定的话保不准会出人命的。

把单子和社保卡交给护士，换来一个带旋盖的袋子。护士嘱咐我要一口气将袋子吹满，我照做了，这也许就是人们通常讲的“吹气”。和我一同吹气的是一个中年男人，长得颇为端正，他大约是个非常严谨的人，将护士交代的“一口气”要求落实得相当到位，吹气时两个腮帮子鼓得圆圆的，活像正在练蛤蟆功的欧阳锋。吹好后男人迅速旋上盖子，动作干净利落，我敢保证，他这次吹进去的气一丝一毫也没浪费。

护士并不马上回收我吹好的气袋，而是又给了我一个几乎同样的空袋子和一个白色的塑料杯子，里面事先放置好了一些药粉。我问她这是何意，她并不答话，只说等一会儿就知道了。

做检测的逐渐多起来，等所有人人手一个空袋子和一个空杯子站在她面前时，她这才发话：“我只说一遍，听好了，到外面的净水机那里装温水，装到画好的刻度线位置，然后旋紧盖子，摇一摇，将药水喝下去，半个小时后再将这个空袋子吹满气，到时两个袋子一并交给我，听明白了吗？”除了那个中年男人说“明白”

外，没人回答她，大家都抢着拿杯子接水去了。

药水很好喝，酸酸甜甜的，我想起了小时候父母骗我喝的药，也是这个味儿。旁边一个也许是来复查的人貌似经验丰富，他说这叫显幽剂。他这么一说，我大致明白了碳13检测的原理：将没喝显幽剂的呼气和喝过显幽剂的呼气作对比，判断是否感染了幽门螺杆菌，原来如此。

半个小时后，我恭恭敬敬地将两个袋子递给了护士，眼见她将两个气袋旋开，分别插在检测设备的两个端口上。我问多长时间能出结果，回说十分钟。我长吁了一口气。看了看表，才九点不到，要是没什么问题，我还可以回去看九点半开赛的NBA直播。

十分钟一到结果就出来了，报告单上用红色的印章盖着“阳性”两个大字。这意味着我体内确实存在幽门螺杆菌，而且数值超标。我刹那间读懂了幽门螺杆菌里“幽”字的含义：这个菌简直就是潜藏在人体内的幽灵啊。

再次返回诊室，我大大方方地推门而入。医生正和一位病人说话，我站在边上，静静地候着，等他拔出社保卡，我把我的递了过去。

“嗯，还挺严重，要治疗，我给你开些药，有阿莫西林，要做个皮试，对了，你青霉素过敏吗？”医生看着报告单，皱起了眉头。

“以前做过，不过敏。”

“以前不过敏不代表现在不过敏，先去药房取药，然后去急诊做个青霉素皮试。做完了再过来。”话音还没落下，他已经从读卡器上拔出了我的卡，并在叫号器上摁下了按钮。

西药房在门诊大厅的最西端，这次我汲取了教训，先在自动柜员机上进行结算，然后再排队取药。

不对啊，包括打皮试用的青霉素，医生在药单上明明开了五种药，拿到手的虽然一大堆，但细细一分类，只有三种。问药房的护士，她正忙着给下一位病人发药，貌似没有听我说话。正当我捧着一堆药准备离开时，她发话了：“有不懂的去问医生。拐弯处有塑料袋。”

窗口前我的药最多，光胃铋镁就开了六盒，显然她这是冲着我在说话。我道了声谢，往拐弯处走。

三米外的拐角处立着一台一人高的机器，有点类似于银行的自动取款机。只不过出的不是票子，而是袋子。我拉了拉塑料袋提手，出不来，再拉只怕会扯断，只得住手。

“同志，要扫码付钱袋子才会出来。”旁边有好心的老太太看我死命往外拽袋子，同情地对我说。

我大窘，人家都一把年纪了，竟然比我还新潮，惭愧。

扫码，出来的界面不是付款界面，而是要先加一个环保公司公众号的界面。说实话，我不想加，但看了看购袋流程，不关注还不行。骑虎难下，却也只得关注了。付了款，取了袋子，我一百个不爽。看病付钱一步一交就算了，连附带送个袋子也不肯，买就买吧，竟然还得先关注才行，根本没有选择的余地。我这是砧板上的肉呢。

不过好处也是有的，至少我不用捧着一堆药狼狈地在医院里上蹿下跳了。

再看那老太太，这才发现她手上提着一个自己带来的无纺布袋子，上面印着“工商银行”四个大字。暗自揣度，人家之所以比我新潮，大约也是被这台机器吃过钱的。如此一想，心境平复了不少。

这家医院实在是太大了。门诊在西头，急诊在东头，两头之间隔了三栋楼，我一路小跑过去，鼻梁上竟然渗出了一层汗。

急诊护士站的护士态度挺好。我告知要打青霉素皮试，护士收下我的青霉素小瓶，并认真登记我的个人信息，眼看着就要开打，突然来了一句："你吃过饭没有？"

"从昨天晚上到现在滴水未进，你不说我还忘了这茬呢。"我感激地对她说，"呵呵，你这一问，我现在肚子都开始咕咕叫了。"我以为她关心我，便开起了不大不小的玩笑。

"那你先去吃点儿东西，吃完了再过来。"

"为什么？"

"不为什么，空腹不能做皮试，不知道吗，这是基本常识！"旁边一位胖胖的护士一边在电脑上操作着什么，一边头也不抬地说，面无表情。她把"基本常识"四个字说得一字一顿，仿佛是嘲讽我连基本常识都不知道。我把她面无表情的原因归为肥胖，这样我就可以不用计较她的无礼。

我想发火，却发不出来。肚子饿，头也开始晕沉，从八点钟开始，我一直在这个巨大的迷宫里转来转去，到处都是冷冰冰的机器发出的各种叫号声或提示音，掺杂着千万条人语在耳边蜜蜂似的嗡嗡，换谁脑壳也好受不到哪里去。

那就先填饱肚子吧。我已经不再去想球赛的事情了。

此时将近十点，医院内部的食堂已无早餐供应。离急诊大约五十米距离的医院围墙外有家早点摊还在支着，油条的香味直往鼻子里飘。那儿本有个进出口，我却只能往门诊方向走去，整个医院只在门诊处设了一个出入口。

三下五除二，我扒完早餐，再从门诊绕到急诊，又是半小时过去了。

皮试必须观察二十分钟。我耐着性子熬着，如我所料，一切正常。

一路小跑，我必须一路小跑。我从急诊再次回到门诊，我不明白，为什么门诊大厅不能设置一个护士站，负责做皮试之类的工作。显然，我不是医院领导，却替医院领导操了心，这叫僭越。我庆幸我还不到五十岁，还有些体力，精力也还行。庆幸的同时，我开始替一些老年人担心，如果是他们这么来回折返跑，哪里受得了？唉，没人给我开工资，我又替医院领导操心了。

谢天谢地，那个男医生还在。

我推门进去时，里面的病人刚好起身。我告诉医生青霉素皮试正常，他点了点头，面容和悦。他还记得我。

我说药房少给了两味药，说着把门诊记录递了过去。

“阿莫西林和克拉霉素缓释片建议自己购买，当然，我们医院也有，不过价格很便宜，疗效一般。”

我明白医生的意思了。我说：“那行，我自己去药店买点好的，我可不希望幽门螺杆菌反复滋生。”

“是的。”医生显然对我的回答非常满意。

我正准备离开，医生喊住了我，同时低头在一张便笺上龙飞凤舞地写开了。写好了，他把便笺递给我，说：“医院门诊马路对面右侧五十米有家健康药店，你去那里买可以一次性买到。”

说实话，便笺上的字我一个也不认识，但我知道有人认识，这就够了。

我收起了便笺，说：“哪里买都是买，正好顺路。”

其实不顺路。出了医院往左才是回家的路。我完全可以将便笺丢到车外，这样的想法在我坐上汽车后一直挥之不去，同时在脑海里盘旋的还有那瓶“显幽剂”，似乎两者有不少相似的地方。但不知道为什么，我最终还是将便笺留了下来。

经过健康药店时，我特意停下了车，往药店看。里面购药的人不少，生意红火。

我叹了口气，将车熄火，缓缓走了下去。

（刊发于2022年第1期《同安文艺》）

关键词

孙伟抬腕看了下手表，差两分六点。不到三公里路，还有半个多小时，时间非常充裕。

下楼的时候孙伟就叫了滴滴，以往他都是这么做的。这么做的好处是——等他走到小区门口时，滴滴车往往已经停在路边了。这次也不例外。

孙伟确认了一下车牌，拉开后车门。

车内出乎意料的干净，甚至还隐隐有股檀香的味道。孙伟在心里点了点头。

“尾号 5688？”司机问。

“是。”孙伟回答。车辆启动。

孙伟闭上眼睛，最近他太疲惫了。

司机的普通话不错，但孙伟依然可以断定他是贵州人。从事劳动监察工作二十年了，天天跟五湖四海的农民工打交道，孙伟早就对全国各地的方言耳熟能详了，甚至他都能仿着说好几个省的方言了。这不是什么语言天赋或者语言能力的问题，孙伟以为，这是工作态度的问题。

为什么这么说呢？当你能够用对方的家乡话和当事人交流的时

候，调解成功的概率无疑要大上许多。劳动监察的一项重要工作就是行政调解，面对建筑领域蛛网加线团似的劳动纠纷，光上法律手段有时反而使不上劲，有点儿拳头打到棉堆里的感觉，这时候行政调解的作用就凸显了出来。刚开始到劳动监察大队报到的时候，孙伟只会说潮汕话，二十年过去，哪怕是潮汕人来听，也听不出他普通话里的地方味了。

“绿灯怎么不直行？”意识到车子在调头时，孙伟睁开了眼睛。

“还要再接一个人。”

“我叫的是专车，怎么可以再接人？”孙伟声音有些上扬。

“先生，我这边显示的是拼车，您可以再确认一下您的订单。”司机声音很平稳，跟行驶的车一样，这让孙伟立刻意识到了自己的失态。

孙伟赶紧掏出手机查看自己的订单，果然是快速拼车。

过去的一周孙伟忙成了一个陀螺，不用带子抽，自个儿就能转个不停。一向身体健朗的老丈人因持续咳嗽送医院检查，不想竟然附带查出了动脉瘤。医生说，这可是个不定时炸弹，不炸的话什么事儿也没有，一旦炸了也就没他们什么事了。言外之意是必须做手术，越早越好。既然如此，那就做吧。问题是丈母娘早就不在了，两女一儿大女儿嫁到外地，小儿子还未婚娶，此时正在外地出差，作为二女婿的孙伟不站出来怕是说不过去。抽血彩超 CT 等一通术前检查下来，其他的指标都合格，就是血钠偏低。那就补钠好了。好不容易钠补上去了，医生说还得再等等——做手术也得排队。

孙伟的意见是那就等呗，先来后到的规矩不能坏了。来神经内科住院的大多是等着做动脉瘤手术的患者，谁不急呢？老婆小玉说她去找医院领导求求看，孙伟不置可否。还别说，真管用，人刚回来医院的电话就像影子一样跟了过来，说手术定在第二天上午。手术很成功，办出院的时候医生把孙伟叫到一边，把一个红包塞回他手里，孙伟这才明白，小玉的“求求”看原来是这么个意思。

孙伟叹了口气，心想自己大约是忙糊涂了，这才忙中出错。看来六点半是赶不到豚鲜阁了。孙伟顺手给李志发了条微信，说路上堵车，估计会晚到。李志和孙伟同乡，年纪相仿，开了一家规模颇大的建筑公司，最近几年混得风生水起，连吃个饭都讲究，据说豚鲜阁档次不低。李志很快就回了微信，说没事，自己也堵在路上，还没到。孙伟这才放下心来，继续闭目养神。

孙伟不喜欢欠人情，迟到在他看来也是欠人情的一种，工作也是，那是薪水的人情。欠人情会让人内心不安，他不想让自己内心不安。

滴滴车靠边停下来的时候，孙伟睁开了眼睛。一个穿着帆布工作服的男子站在路边，四十岁出头的样子，头发蓬松，胡子拉碴，衣服上密密麻麻地沾满了鸟屎状的斑点。明明是初夏时分，天气已经可以用闷热来形容了，这男子却穿着这么厚的衣服，不热吗？一见车到了，男子开始搬身边的电焊机。孙伟明白了，这男人是焊工，身上的斑点不是鸟屎，而是电火花在衣服上灼烧出的痕迹。

孙伟心里有些失望。如果另一位拼单的是个女人，至少是对自己忙中出错的一种弥补；如果是位漂亮的女人，那就可以上升为一种缘分了。孙伟苦笑了一下，对象是自己。

那男子可能也有和孙伟类似的想法。也可能没有，但他显然不愿和另一个男人坐在一排。他将电焊机麻利地搬上后备厢后，没在后门做片刻停留，直接走到前面，拉开副驾驶的车门，一屁股坐了上来。

随着车身猛地一沉，孙伟闻到了一股烧焦的气味。

“3473？”司机问。

“是。”那男子瓮声瓮气地回答。

司机不再说话，那男子专心看他的手机，孙伟则认真地看着那男子。本以为男子会坐后排，孙伟还特意挪到了左侧，这让他能清楚看见男子的侧脸。

男人的侧脸很像刘德华，轮廓分明，相当有型。让孙伟略感可惜的是，要是没有那颗痣的话，就更像了。痣不小，孙伟心里估摸着有半厘米大小，长在颧骨位置，微微凸出，好在上面没有毛发，否则，他会认为那是鸟粪。同事小温下巴上也有颗大小相近的痣，不同的是上面窜出了几根长毛，非常不雅，大家都笑说那是小草插在了鸟粪上。说不定这颗痣上面也有毛发来着，只不过被这个男人拔掉了，谁知道呢？

“干啥子走同集路？”男人突然抬头，问司机。

“先送后面这位客人去豚鲜阁。再送您去杏林。”司机礼貌地回答。

“不好意思，我急着赶过去，朋友在等。”孙伟怕他误会，赶紧解释。

“这有什么不好意思的嘛，你近我远，按道理也是先送你去。”男人倒是通情达理，声音瞬间升了一个八度。

有了这些话做铺垫，车内气氛似乎不那么沉闷了。

“有没有人说你长得像刘德华？”孙伟问。

“你不是第一个这么说的。”男人高兴地说，这话他显然很喜欢听，言语中透出得意。

“是啊，我说怎么有些眼熟呢。”司机接话。

男人更得意了。

“豚鲜阁以前可是个好地方啊。”男人感慨地说。

“怎么说？”孙伟问。

“高端大气，上档次啊。”男人转过头，暧昧地笑了笑。

“我这也是第一次去，以前也没去过呢。”孙伟实话实说。

“那真是太可惜了。”男人说，“以前二楼吃饭，三楼按摩，好地方啊。”顿了顿，他接着说，“现在管得严，只能吃饭，不能按摩喽。你说是不是？”男人将头偏向左侧，问司机，仿佛司机一定会知道这些。

司机说是是是，男人都懂的。

孙伟问：“以前你去过？”

“不瞒你说，不仅去过，还经常去。”男人说得稀松平常。

陌生的男人在一起聊天，似乎总会扯到女人，原因无非三点：一是都是男人，二是太无聊，三是彼此陌生。

“那边消费可不低哦。”司机感叹。

“看来老兄也没少去啊。”男人笑笑。

司机略显尴尬地赔着笑。

孙伟也跟着笑。笑完了，问男人：“你一天算点工的话多少钱？”

“五百，少了不干。”男人说，完了“咦”了一声，“你连点工都知道？”

孙伟不回答，反而问道：“辛辛苦苦赚的血汗钱，干吗去高消费？”他没说“那种消费”。

“赚钱的目的是什么？”男人问，“不就是享受嘛，偶尔享受一下，放松放松。”

孙伟不敢苟同，索性不再接话。前面路口右转，就是豚鲜阁了。

男人却没有停下来的意思：“对了，我最近发现一个很隐蔽的地方，可以放松，非常安全。既然遇到，那就是有缘，就是缘分，我这里有电话，来，一人一张，不要告诉别人……”男人从怀里掏出两张名片，一张递给司机，司机接了。一张递给孙伟，孙伟笑着摆了摆手。

“你是四川人，我猜得不错的话，应该是达州的。”孙伟下车的时候突然说。

往豚鲜阁走去的时候，孙伟回了下头，车还没走，孙伟看见男子一脸惊愕的表情贴在车窗玻璃后，仿佛被定格。不知道是惊叹于孙伟的语言辨别力，还是惊讶于同为男人的他竟然没有接名片。

十几年来，孙伟到底办了多少起劳动纠纷案件，他自己都记不清了。好几次，孙伟开车等红绿灯时，冷不丁会有陌生的摩托车骑手在车旁热情地打招呼：“孙督察，你好。”

“你好。不好意思，你是？”

“我是刘平啊。”见孙伟一脸茫然，对方会收起摩托车面罩，露出整张脸盘子，再补上一句，“上次清丽食品厂要工资的那个。”

孙伟依旧没有印象，但他明白了，对方是他曾经的服务对象，也就是他帮助过的农民工。于是他便哦哦了两声：“有印象，有印象。”

“真的是太感谢你了。”

“应该的。”

车开出去很远了，孙伟依然想不起刘平是谁，但这些都不重要，重要的是这么一个小插曲瞬间让孙伟的心情变得愉快起来。这大约就是工作带来的成就感吧。

其实，对孙伟最正确的称呼应该是孙监察员，但真正这么喊的没几个。不是孙警官就是孙督察，或是孙队长，农民工不管这个，他们也弄不明白。孙伟也不管，他只管把案子弄明白办理好就行了。叫什么不重要，做什么才重要。

问题是眼前这个案子可能不好办也办不好了。

当事人叫李帅，投诉一家名叫威林的制衣公司，说是对方拖欠他工资两万元。孙伟问过制衣公司，没这个人，他也查过就业系统，也没这个人。孙伟还去了公司一趟，公司不大，开在一家私人民房里，包括老板总共就五个人，全是老板亲戚，没外人。老板挠破了头，也想不起自己雇佣过一个叫李帅的人，更别说拖欠他工资了。这事透着蹊跷。得了，必须直接把李帅叫过来问问。

刚开始约了李帅几次，不是人在外地，就是在忙，没时间。孙伟火了：“你自己的事都不积极，你怎么指望别人为你的事积极！”李帅这才颠颠地跑了过来。

李帅一进门，孙伟就觉得似曾相识，对方还没开口，一股烧焦的气味扑鼻而来。再一看他脸上那颗痣，孙伟想起来了，不是上次一起拼车的那哥们儿是谁？

李帅显然没认出孙伟。

“你说威林欠你工资，有什么凭据？”孙伟问。

李帅干咳了几下，说：“威林没欠我钱。”

“没欠你钱你投诉什么？你这不是胡闹吗？”孙伟有些生气。

李帅看了看桌上的姓名牌，说：“孙督察，我不是胡闹，威林虽然没欠我钱，但威林的房东欠我钱。”

凭着多年的办案经验，孙伟大致明白了事情的原委，细问之下，果然如此：威林的房东建房时雇用李帅焊钢筋，建成后没给工钱，因是民事纠纷，需要打官司。苦于没证据起诉，李帅只好以威林欠工资为由，希望劳动监察部门出面，在调查过程中附带帮助着取得一些证据，好起诉房东。

好一个附带，老丈人查出动脉瘤不也是附带吗？

“问过司法所吗？”孙伟问。

“问了，问了好多遍，他们说房东只接了一次电话，说了几句就挂了，之后便再也不接了，他们说没办法，让我上法院。”李帅叹了口气，神情一下子萎靡下来，仿佛老了几岁。

“去过法院吗？”

“去了，说是没证据没法立案。”

又是房东，又是证据。孙伟想起了秋菊，想起了秋菊同样萎靡的神情。此秋菊非电影里打官司的秋菊，原名马秋菊，和十几个姐妹在一家包袋厂上班。没承想，仅仅休息了一天，周一上班时发现公司竟然人去楼空，连一条凳子都没留下，一帮人瞬间傻眼了。孙伟给秋菊做笔录时，秋菊用手背抹了好几次泪，孙伟给她递抽纸，递到最后，抽纸盒都空了。也怪不得她流泪，上了四个月班，老板就预支了两千块生活费，工资足足被欠了一万元，没凭没据，报了好几次警，警察也没辙，最后直接将人带到了劳动监察大队。给马秋菊做完笔录，孙伟直接打电话给法律援助中心，法援律师在电话里说，没证据就算申请劳动仲裁也讨不回公道。电话是免提的，马秋菊听完律师的话时就是李帅脸上这个表情，萎靡、绝望、衰败，一片死灰，犹如从春天的欣欣向荣突然掉入严冬的冰天雪地，没有任何过渡。

好在秋菊最后成功打赢了官司——孙伟跑到包袋厂房东那边，经过反复做思想工作，终于拿到了租赁合同。同时，还给房东做了详细的笔录，在笔录里，房东说认识秋菊等人。有了这些证据，法律援助中心最终实施了援助。秋菊拿到钱后还专门给孙伟送了一面锦旗，上面写着五个大字："群众贴心人"。队长让孙伟挂在墙上，孙伟照做了。过了几天，孙伟觉得不妥，又把锦旗摘了下来。

"孙督察，帮帮忙，我求您了！"李帅的话里带着一丝颤音，"到时候，我给您送面锦旗。"

"锦旗不用，我这边前不久还挂着一面来着。"孙伟指着桌边的墙壁说，甫一说完便自责，跟他说这个干什么。

"我懂的。"李帅说。

"你懂什么了？"孙伟不解。

李帅瞅了瞅四周，突然从包里拿出一个缠绕的塑料袋，拉开孙伟桌前的抽屉，塞了进去，迅速关上。

"一点儿小意思，一点儿小意思。"李帅谄笑着说。

孙伟拉开抽屉，取出塑料袋，解开，原来是一条中华烟。

孙伟本想立即把烟还给他，并义正词严地把办案纪律讲给他听，但此时脑海里突兀地跑出一个人来，竟然是那个医生。那个为老丈人主刀的医生，正笑意盈盈地把老婆送的红包往自己的口袋里塞。

沉吟了片刻，孙伟还是把烟推了过去，说：

"我记得你说过，说是有一个很隐蔽的地方，可以放松，非常安全。真有这事？"

吃惊写在李帅脸上，孙伟记得当时下车往豚鲜阁走时，汽车玻璃后面的李帅就是这个表情。

“你是？”

“豚鲜阁，拼车！”孙伟抛出两个关键词。

李帅还是一脸蒙圈。

“刘德华！”孙伟又抛出一个关键词。

“噢，噢，原来是你啊！”孙伟的音量一下子提高了一个八度，看来这次他是彻底想起来了，脸上露出欣喜的笑容，仿佛遇见了一个好久不见的老朋友。但音量又立马抛物线般掉了下去，压低声音说：“原来你在这里上班啊。”

“名片还有吗？”孙伟问。

“还有还有。”李帅忙不迭地在口袋里摸索起来……

李帅走时，孙伟还特意送到了门口，直到他消失在楼道的转角，这才回到办公桌前，坐下，细细端详那张名片。

说是名片，却没有任何名字，仅有一串数字孤零零地躺在右下角，如同一个接头暗号。

孙伟盯着暗号看了一会儿，觉得没意思，然后把名片夹在右手食指和中指间，反复屈伸手指。终于，最后一次，他做了一个大屈伸动作，将名片甩向角落里的垃圾桶，像练习甩掷一枚纸飞镖。

“飞镖”精准地落进垃圾桶。孙伟满意地点了点头。